無論好壞與否，我相信，在某個時間軸裡，
一定會有屬於你的美好結局。

Sometimes, you just have to let it happen.

LADAKH I

未完成的故事集 Unfinished Tales

Peter Su

序

書寫這本書的過程中，我曾經因為旅程結束後的抽離狀態而感到些許混亂，和過去的經驗不同，我發現自己在離開拉達克的那天開始，似乎還有一些思緒尚未釐清，於是我撥了通電話給在當地認識的朋友——史丹增。我和他分享了自己在創作這本書時遇到的困境，明明過去那四十天發生了許多事，可是我卻一個字都寫不出來，我是多麼害怕文字本身隱藏的侷限性會束縛我在拉達克這片土地上所感受到的每一份純粹，也擔心自己無法好好詮釋在那裡所遇見的每一次對話中蘊含著無限可能的生活哲學。那天電話裡，史丹增和我說了這麼一段話——

「有些事情是無法言喻的，你只能讓它發生並試著去感受。把那些最接近原始的感受寫下來，先放棄思考怎麼樣的文字才夠生動，你現在唯一的信仰是真實（Truth）。」

說是如此簡單，但拉達克的故事終究得透過文字的形式記錄下來，史丹增在電話結束之前再次提醒我：「記得，放棄思考，你的感受才是最真實的。」

我重新檢視自己離開拉達克的那一天，發覺這是一趟尚未完成的旅程，原來世上還真的存在另一個版本如此純粹的我，才剛遇見，就要道別，於是我決定再次重返拉達克。我想在正式分開前學會好好道別，卻也意外展開了另一趟全新的旅程，這趟長達兩個月尋覓自我的日子將會分為兩部分，接下來呈現的第一部分將是我在拉達克的「未完成的旅程」。

故事從來都沒有真正的結束，很多時候我們沒有意識到，其實它才正要開始。

目錄

Beginning

也許故事並不是要走向結束，而是才要開始。

Yes, maybe one day I'll go.

許多人誤以為這是注定的或是運氣所致，
但事實是，我們是有能力對條件產生影響力的，至少在起始的時候。

「這世上沒有那麼多的巧合。」

前年的生日聚會上，我和在場的朋友宣告今年要給自己一場久違的長途旅行，這次的目的地是在印度最北邊，一個座落在世界屋脊──喜馬拉雅山脈旁的神祕國度──拉達克（Ladakh）。那裡是傳說中的香格里拉，是古代絲路必經的重鎮，也是這世上少數保有深厚西藏傳統文化的所在地。有人說，它是西藏最後僅存的一部分。

我舉起手上的杯子，難掩興奮地說著。

「拉達克？」大家同時看向我，並露出一臉困惑的神情。

其實「正式」發現拉達克這片土地的過程非常奇妙，我從沒想過原來自己在二〇一八年時就曾和它擦身而過。二〇二一年，我在準備出版《你的不快樂，是花了太多時間在乎不在乎你的人和事》這本書時，當時在挑選封面照片上出了些問題，我在網路上搜尋備案時，無意間在社群平台上滑到了一段影片。畫面裡翠綠遼闊的山谷吸引了我的注意，好奇地點進地標後我繼續瀏覽，滑動著手機屏幕上一張張美的像是合成過的高原景緻，畫面裡湛藍的巨大湖泊與白雪覆蓋的山峰充溢著一種透明的沉靜，獨特的純淨感讓我開始在網路上搜尋關於拉達克的相關資訊。就在我轉頭望向床頭旁的書櫃想繼續尋

找更多拍攝地點時，突然發現自己在二〇一八年從巴黎一間小書店帶回的一本攝影書籍，封面上斗大的書名就寫著——「LADAKH」。

思緒回到當時的巴黎，那時正入冬，耐不住外頭的低溫，我隨意走進了書店隔壁一間年輕西藏夫婦開的小店，裡面賣的大多是應付西方遊客的手工藝品；靠近收銀台的一處櫃子裡放了些老東西，我試戴了櫃子裡一頂形狀特殊的圓形氈帽，帽子外頭裹了一圈羊毛，老闆說那是母親手工縫製的，所以每一頂的樣子都稍微不太一樣，冬天戴起來非常暖和，我想著外頭接近零下的氣溫，二話不說便直接拿到櫃台結帳。離開前，老闆指著我手上握著的攝影書喊著：「Ladakh! I have family there. It's a very beautiful place.」（拉達克！我的家人在那裡。那是一個非常漂亮的地方。）

「Yes, maybe one day I'll go.」（沒錯！也許有一天我會去。）我站在門前將剛買的藏帽戴上，轉頭微笑回應著。

老闆的聲音聽起來非常豪邁，眼神卻似乎帶點黯然的神傷。走出店門後，我再次看著手上的 LADAKH 攝影集，書裡頭的照片沒有什麼大景，多數只是邊境居民的日常生活光景，但說也奇怪，它有種特殊又純淨的生命力，讓人想一探究竟。我轉頭和莫說，有一天我們一起去書上這個地方看看吧！

我以為，巴黎小書店是我第一次遇見拉達克的時刻，沒想到接下來的故事，才是我和拉達克的初相識。

生日聚會上分享拉達克的故事後，我打開手機裡下載的一張拉達克寺廟照片和坐在對面的文分享，因為建築外觀實在太像西藏拉薩的布達拉宮，知道她也非常喜歡藏傳文化，加上二〇一七年，我們曾一起去過尼泊爾旅行，在那裡造訪了幾處西藏營，她一定也會有所共鳴。

「你忘了嗎？這就是我們在尼泊爾遇見的那位西藏僧侶說的地方啊。」文接過手機後，一臉微醺地對著我說。

當時因為新書取材我們出發了一趟尼泊爾，剛抵達加德滿都時，從其他旅客口中得知當地有一處西藏營，裡頭有非常多藏人以手作工藝織品維生，我和同行的莫和文決定造訪，也希望能支持在異地生活不易的藏人。

我們按照 Google Map 上的地標來到了一個像是小型印度區的商圈，觸目所及幾乎都是印度面孔，這裡除了販賣各種華麗繽紛的印度服飾，還有隨處播放的傳統音樂，除此之外，完全沒有任何一絲藏人在此生活的跡象。我們走回大街上的馬路旁，重新確認西藏營的位置，才發現這裡距離原先要去的西藏營竟然還有三十分鐘的車程，於是我們決定直接離開並且搭計程車前

往，然而我內心依然有個不想放棄的聲音。就在計程車即將到達時，我轉身最後一瞥，突然見著一位藏人面孔的奶奶低著頭坐在一道破舊的大鐵門前，手裡正忙著編織一條條麻繩手環，我趕緊將準備上車的莫和文攔下，滿臉欣喜地和他們指向藏人奶奶的位置，我拿出地圖上的照片和奶奶比手畫腳了一番後，她便起身打開了身後那道鐵門，帶領我們走進隱身在城牆背後的藏人聚落。簡單的幾戶人家將城牆裡的空間圍成了一個方形，中間的空地有一小片些許凌亂的翠綠草皮，陽光恰好能完整地灑進每個角落，靠近大門的右方還有一座小巧簡單卻氣氛莊嚴的僧院，牆上的瑪尼轉輪沿著順時鐘的方向環繞了一圈。隨著僧院的誦經聲開始變得清晰，空氣裡充溢著一股寧靜的氣息，完全無法想像在一道破舊的生鏽鐵門後，竟藏著這麼一處世外桃源。

奶奶帶我們走進了僧院，裡頭空間不大，大約四個人就快把可行走的空間給完全佔據。僧院裡擺滿了數十卷的古老經書和斑駁的西藏唐卡，我們三人小心翼翼地行走，像怕吵醒某種沉睡在此的神祕存在。正當我們想好好欣賞眼前的歷史文物時，一名僧侶從後方的布簾走了出來，並告知我們這裡不開放外人隨意參觀，就在我們趕緊道歉且準備轉身離開時，奶奶卻走向僧侶輕聲說了幾句藏語，一會兒僧侶便示意我們留下，還簡單地向我們說了一個故事。原來寺廟裡的文物都是僧侶當年從西藏徒手帶過來的，僧侶邊說邊打開了其中一卷畫，我看著畫上出現的布達拉宮便無知地說：「It's Lhasa!（拉薩）」

「No, this is in India.」（不，這在印度。） 僧侶非常認真地回應我，口氣似乎有些嚴肅。

雖然充滿了疑問，但礙於語言溝通的困難，我也就沒有再繼續追問。

當時我心裡想著，那看起來就像是西藏拉薩的布達拉宮，為何他卻說是在印度？還是說印度也有一座類似的建築？我沒繼續多想也就沒將它放在心上。接下來的旅程我寫在隔年出版的《在顛沛流離的世界裡，你還有我啊》書裡，唯獨僧院裡發生的這段小插曲我遺漏了。時隔六、七年，再次銜接尚未結束的故事，原來僧侶手中那卷畫上的印度僧院，就是此刻我手機裡下載的那張拉達克寺廟的照片，我像是走進一段推理情節的小說裡，重新拼湊起早已出現在我生命中的相遇，原來六年前那沒有繼續下去的對話，才要真正的開始。

我和文兩人在聚會上回憶起了尼泊爾的往事，我訝異著過去的巧合，文眺望著窗外沉默了半晌，那天離開前，文對著我說了那麼一句話：「這世上沒有那麼多的巧合，只是時間還沒到，也許現在就是你該出發的時候了。」

我想著那卷畫上的印度僧院，腦海裡逐漸浮現出攝影書上拉達克人的清澈眼神，一切似乎變得熟悉，彷彿真的有那麼一個微弱的聲音在某處指引著我前

往，我想起曾讀過宗薩蔣揚欽哲仁波切書中的一段話——

「當無數的因緣和合在一起，而且沒有障礙與干擾，結果是必然的。許多人誤以為這是注定的或是運氣所致，但事實是我們是有能力對條件產生影響力的，至少在起始的時候。」

這世上究竟有沒有那麼多的巧合，我不知道，但我想去看看自己能在這趟旅程的開始走出什麼樣的路。

一切都在持續發生，所有的發生皆有它存在的原因。

別急！請給自己一次沒有預設立場的旅行。

也許你尋找的，也正等著你緩緩到來。

去旅行吧！聽聽午後鎮上傳來此起彼落的鐘聲，
跟隨著熱情居民的比手畫腳，找到藏在巷弄裡的攤販，
感受失去語言的溝通後，眼神真誠的交流。
你總會在某一刻發自內心的笑著，然後在某個陌生街頭，
抬起頭望向天空想著——
「啊，原來還是有許多美好的事被期待著呢！」

沒那麼容易地說走就走的旅行

沿途所有風景之中，沒有假設的存在，
發生的當下，一切才成立。

從決定這段長途旅行開始，能準備的時間大約是三個月左右；關於拉達克這個地方，我所知不多，開始搜集資料時，大多數的時間都被繁忙的工作和密集的健身計畫給佔據，只剩下晚上睡前的那幾個小時可以在網路上爬文，且能找到的中文資料並不多，大多都停留在三至四年前。除了旅人在網路上分享的簡易遊記能提供有限的線索，我也曾試著尋找拉達克相關的旅遊書籍，結果卻不如預期，除了幾本翻譯文學外，幾乎可以說是毫無進展。在行程遲遲無法明朗化的階段，心理狀態就如當時減脂後的體態一般，像顆失去水分的風乾橘子，我反覆確認記事本裡僅有的資訊，頭一次對即將出發的旅程感到如此焦慮。

那就隨心走啊？走到哪算到哪，這樣更符合拉達克景色裡那種脫離俗世，平靜、神祕的氣息吧。我也曾這麼說服自己，可是拉達克如此大，一趟車程動輒六至八小時以上，每一個沒準備好就出發的路程，隨時都在虛耗旅途的時間。拉達克地區位於印度最北的邊境，右與西藏相鄰，左邊則是巴基斯坦，因為敏感的地理位置，大部分的地區並不讓人隨意進入，在不同的路段需要申請不同的入山證，有些甚至不讓外國人申請。申請文件還需要注意准許出入的時效性，對於時間短或是行程密集的旅人來說或許並非太大問題，但以我們鬆散且長時間的行程看來，如果沒有事先安排好路線，有可能會因為入山證的問題而原地折返。選擇自駕的話，雖然時間自由，還能更好應變隨時更動的行程，但那得開過被全世界旅客公認為最危險的懸崖公路之一，更不

用說大部分的路段都是地形險峻的石子路，在海拔平均六千公尺隨時可能會結霜下雪的高原山區，我實在不太想帶著同行夥伴一起冒險。

距離出發只剩下兩個月，我將所有能用上的資料筆記起來後，便開始聯繫幾個看來相對可靠的當地旅行社。由於拉達克的網路資源並不是非常發達，即使是透過What's App 這類通訊軟體，常常也得等上一個星期左右才會收到對方的回覆，所以我盡可能的在每次訊息裡將所有疑問及需求說明清楚，短暫的四次對話就得花上將近一個月的時間，更別說大部分傳出去的郵件和訊息全都石沉大海。

經過兩個月漫長的聯繫後，最後收到的行程報價超出原先預算的將近三到四倍，因為不想刪減行程，我們遲遲無法討論出其他備案。出發日期將至，索性參考幾位資深背包客的建議，先將抵達拉達克前幾天的住宿訂好，拉達克的首都——列城滿街都是旅館和旅行社，也有很多等待併團的背包客可以分攤包車費用，剩下的就等到時候再說。這時距離出發只剩下不到一個星期的時間……

接下來這趟四十天的旅程，在經過二十小時的飛行之後，究竟會發生什麼事？我們毫無頭緒，我望著起飛後的機窗外，想著過去幾年的旅行經驗，試著再一次告訴自己：「不去假設。」

不去假設能擁有怎樣的際遇，也不去假設能遇見多壯闊的風景，不去假設尚未發生的事情，最重要的是，不去假設發生過的故事是否能重來。沿途所有風景之中，沒有假設的存在，發生的當下，一切才成立，它能讓你從中理解順其自然的真相，任憑事情一件一件地自然發生，哪怕對接下來的旅程感到不確定，但你仍孤注一擲，學會活在當下。

拋下了對未知旅途的假設，面對生命的自然發展，永遠都會發現驚喜。

有時，越是執著的想抓住心中預設的畫面，
越是容易失去當下難以複製的遇見。
也許旅程裡沒有所謂完美的決定，
順心而行，才能在逆向之中看見新的出口。

曾經有一段時間，我不喜歡在遇見挫折時聽到有人對我說：「順其自然。」

總覺得那只是試圖說服自己無法改變現狀的藉口，更討厭的，是當你試著和對方發出求救訊號時，別人對你說：「那不然能怎麼辦呢？」

所以我總是想，是不是順其自然說久了，我們真的就能釋懷那些讓人不滿意的結果，不再試著創造另一個新的可能，最後成為大海裡數以萬計的相同水流，無盡地朝著命運的指示漂流。

所以我一次又一次地頑強抵抗那些不如預期的發生，凡事都想著盡善盡美，即使布滿了傷痕，也不讓任何人發現自己被命運惹紅的雙眼，直到滿身狼狽地過了三十，才開始活得自在一些。

我在不盡理想的生活中，學著接受旅途裡偶然發生的遺憾，學習看見大自然裡存在的不完美。天空、森林與大海裡的每個存在，成就了另一段生命的延續，每一個看似結束的缺，卻畫出了另一個圓。

我在途中學會了原諒自己，不再執著唯一的結果，也許在各種不同的宇宙軸線裡，每個當下的結束，都是為了創造另一個新的開始。

來自西藏的基督教女人

If you want to find the god, you don't need to go to the cave,
it's just right in front of you.

在進入拉達克之前，我曾在印度北邊的一座山城——達蘭薩拉待上幾天，這裡是西藏人的聚落，除了有世界各地的佛教徒來此地聽課之外，也是許多嬉皮、背包客的朝聖之地。我在這裡遇見了幾位來自土耳其和巴勒斯坦的大學生，他們打扮得像是歐洲街頭會出現的滑板年輕人，在交談的過程中得知他們前來聽課，無關宗教信仰，只是對於佛法中的哲學思想深感興趣。

返回大街的我們沿著山路散步、尋找餐廳，直到遠離了市中心，看見有間氣氛不錯的西藏茶館，烈焰的橘色大門上寫著：「Welcome, May all who enter as guests, Leave as friends.」（歡迎，希望每一個你作為客人進門，也作為朋友離開。）

讀著門上這段有趣的文字，決定進門一探究竟。茶館裡的空間不大，簡單的三張木桌和地墊，讓客人直接席地而坐，和大多數的藏菜餐廳一樣，牆上掛的喇嘛照片圍繞著給予祝福的哈達，還有幾幅充滿人生智慧的文字——My religion is very simple. My religion is kindness. (我的信仰很簡單。仁慈，是我的信仰。)

在達蘭薩拉到處可見到這樣提醒世人保持善念的智慧格言，每當路過不同的智慧格言前，我總是細細咀嚼著上頭的文字，那些曾在其他城市裡聽過的關於善良的詞彙，在這裡閱讀起來卻有些不同的感覺。或許過去那些話語的存

在像是一種提醒和練習，而在這裡，它似乎是一種對生活的詮釋。我們總是在哲學裡思辯，成了一種智慧的嘉勉，可也許對於他們來說，複雜的都是人類，生活本身就是哲學。

用完餐不久，一位女人從廚房裡哼著西藏民謠走到了我們桌前，她俐落地往碗裡倒進一些酥油茶，拾起的馬尾，顯露出臉上的一片燒痕，但那似乎讓她靈動的雙眼顯得更加明亮而通透。我沒有看見任何一絲哀愁，卻被她獨特的堅韌氣場給吸引，經過幾句簡單的寒暄後，她好奇我們是否也是特地前來聽課的學生，我們趕緊解釋了自己想參加的心情，只可惜沒有提前做好準備，多餘的解釋大概是擔心自己的愚昧會對虔誠的藏人有些失禮。接著女人和我們說了這麼一句話——

「If you want to find the god, you don't need to go to the cave, it's just right in front of you.」（神在你心中。）

女人說她是名基督徒，她也會去聽課，許多來到這裡的人都和宗教無關，聽課是一種學習。當然你可能會好奇，身處於這樣的佛教環境裡，該如何保持自己的信仰？有時候，並非去到教堂、寺廟和聽講才能稱作擁有虔誠的信仰，有些人只是去到了那裡，但僅僅是身體上的行為，女人從容自在地說著，但神情卻是如此的和善謙虛。

那天我們分享著彼此對於信仰自由的想法，也聊著生活裡那芝麻蒜皮的無聊小事，大概是一種旅行中的特有模式被開啟，你將一切所見所聞視為一種啟發，讓自己保持開放且學習的心態，所有感官和能承載的容器都將逐漸放大，如那善意的格言提及的包容和愛。

達蘭薩拉瀰漫著一種溫暖的氛圍，緩緩擦肩而過的人們總是帶著微笑親切地彼此問候，街邊睡覺的動物，沒有任何戒心、隨興地躺在路邊的沙土上，偶爾還會陪著你走過一段無人巷弄，再目送你安全的離開。我總是習慣反覆念著路上看見的每一句善良格言，在這裡一切的發生，似乎就如那上頭的一字一句般，貨真價實地存在於生活的每一刻當下。

這片土地讓我看見，生活裡的每一個生命都在閃閃發光。

認真對待生活裡的每一件事，那些日復一日反覆練習的結果，
全都住進你往後的氣質裡。

通往拉達克的路上

也許問題從來都不在於我能擁有多少，
而是內心還能真正地去感受多少。

在過去的旅途中，我曾見過壯麗遼闊的景色，可我從沒見過如拉達克這般的景緻，了無生氣的一片荒原，彷彿沒有任何生命可以再適應高原上的無人疆地，含氧量隨著海拔攀升逐漸稀薄，呼吸開始變得緩慢而沉靜，窗外的一切是如此的貧瘠卻又清晰可見，彷彿伸出手就能觸及生命的本質。

從德里走陸路出發到拉達克，距離約為一千公里，在正式前往目的地之前，我幾乎沒有做任何功課，甚至沒有走上那條被世界旅人稱為「朝聖之路」的經典路線，取而代之的是，走上了當地人推薦的一條新闢道路。對於路上會遇到什麼樣的風景沒有任何想法，然而結果卻重新顛覆了我對於大自然的一切既定想像。從達蘭薩拉轉乘後，總長需要三天的車程時間，為了節省預算，硬是趕在一天半完成，從海拔一千多公尺的山城快速爬升至五千多公尺的高山平原，有時快分不清凌駕於大腦的是生理上的痛楚還是心理上的煎熬。一路上遇到許多來不及記錄卻深印在腦海裡的面孔，高原上幾處停泊點總有簡易的攤販，從廚房竄出來的熱情拉達克女孩大方地站在相機前，鬼靈精怪地擺上幾個俏皮姿勢示意我們幫她拍上幾張照片，看似生活不易的環境卻帶著富有強大感染力的笑容，她好奇地看著螢幕上的自己，滿足的微笑著。手裡小心翼翼地握著各式高級設備捕捉這畫面，偶爾我會不自覺地放下手中一切，因為過於沉浸在那當下，反而害怕按下快門的瞬間，會破壞那樣純淨的時刻。我總是想著，人們急於證明生命中的價值時，好像都快忘了我們原先最為珍貴的樣子。

一路上的風景從豐沛綠地走進了如同畫刊上那月球表面般的貧瘠，持續越過一片片遼闊無人的高原，直到我再也數不清跨過了幾座山頭；含氧量隨著海拔的連續爬升開始變得稀薄，純淨的空氣與色溫卻讓視野越來越清晰，低空中只剩下幾層樓高的雲朵漂浮其中。成群的羊隻正隨著遊牧民族跨越整片高原，陽光之下每個被照射到的生命都在閃閃發光，隨著專注在這天地之間的一切變化，清晰的感受漸漸地從關注外在轉化成了一種內在發生。在看似永無止境追尋「完美」的社會標準中，這片土地似乎有些祕密能讓人洞悉真相，在天空、大地和我之間，人一旦褪去了完美袈裟，身為「自己」這樣如此簡單的存在，剩下的本質是什麼？是我所擁有的事物賦予了我存在的價值，還是「我」造就了這一切存在的意義。

通往拉達克的路途上，心境從複雜逐漸走向簡單，曾經深怕自己抓不住眼前一切的發生，可也許問題從來都不在於我能擁有多少，而是內心還能真正地去感受多少。

在拉達克流浪的那些日子裡，
住在高原上的人們真誠而羞澀的笑容、彷彿伸手就能觸及的天空和雲朵，
我專注在天地之間的一切發生，
似乎真的有種超越自然力量的存在，
褪去完美包裝後，感受內在的那份簡單初心，
也許我們都擁有這份超能力。

接下來，我要帶著這份力量去感受生命中的每一次相遇，
並好好愛著那些愛我的和我愛的。

過去我以為掌控好人生中的安排，便能掌握所謂的生命主導權。可當局面失去控制時，你失去了主導權，最後只能聽天由命，等待下次拿回主導權的時機。

在拉達克旅行的這段日子裡，計畫總趕不上變化，面對這些改變，我們只能不斷地學習跟著應變走。在那樣試圖順應自然的反覆練習裡，我看見了一種全新的可能，或許讓自己失去對事物的控制，才能拿回自己生命的主導權。

我認為的主導權和控制是有區別的，前者可以說是一種選擇，後者只能算是一種佔據。「主導權」更偏向於當外在發生了不可控的變化時，內在可以主動相應而生的改變；而「控制」只是對眼前事物做出暫時有利的應對。兩者皆無對錯，只是當生命出現太多不可控的發生時，前者似乎更能隨之應變並找到新的可能。

掌握生命中的主導權，並不意味著你掌握改變生命的能力，而是你懂得如何面對生活裡的每一次變化。你勇敢地踏出舒適圈並適應不同的陌生環境，應付一次又一次的失敗與錯誤，你將每一種結果視為另一個可能的開始，直到眼前一切變得清晰可見。回到生命的本質，你只要盡全力地過好每一天，變化與否已不再重要。

「活成自己最愛的樣子」當這句話浮現在腦海時，給了你什麼畫面？

那天我在這篇發文底下，收到一位網友的留言，他說：「不論幾歲都活得很狼狽，也似乎不太可能很自在，雖會自省但常常走回頭路，因為迷茫、因為選擇困難，所以狼狽也正常，沒有人是時時刻刻完美地知道眼前和未來。」

我知道，因為我也會迷茫，也並不是時時刻刻都知道何謂「正確」的未來，可我總告訴自己，如果此刻感到迷茫，那就順從自己內在的聲音啊。自省之後還是走了回頭路，至少是自己的選擇，也許有些人就是痛並快樂著，每一個人的課題都不盡相同，只要是順從內心感受而做出的選擇，你不傷害人，本來就沒有對錯。

有句話我放在心底許久：「我們對於外在世界所帶來的影響程度，取決於我們對自己內在程度認識的多寡。」在我偶爾迷茫時，它讓我對於問題的發生有一些新的思考。

活成自己最愛的樣子，並非指人生就此完美無瑕，而是希望接下來能擁有追尋和坦然的勇氣；哪怕一路上風風雨雨，依舊坦然接受一切發生。我並不是說該停止追求完美的模樣，只是無須再浪費寶貴時間專注於遺憾那部分。

有時擁有的越多，似乎忘了足夠就好；
懂得滿足的生命，更能接近富足的生活。

史丹增的民宿

也許故事的發生並不總是如你想像，
而你該如何將超出範圍的那份想像加以運用，
或許才是旅途最有趣的地方。

我一直深信這麼一句話：「別急！在最不經意的地方，總會遇見令人難忘的時光。」

有時我們迫切地想要尋找更好的可能，反而容易錯過眼前正在發生的美好……史丹增和他的民宿就是一個這樣的存在，所有的故事都從這裡開始，他也成了我們在拉達克最好的朋友。

「Julley！」一個身材高壯帶頭凌亂短髮的男生，滿臉笑容地站在大門口迎接我們，他是我們這次在拉達克落腳的民宿老闆──史丹增。

Julley 是拉達克的萬用招呼語，它能稱為「你好」、「謝謝」、「再見」，同時也是一句祝福。如同一路上所遇見的每個當地人，說出每一句真誠的 Julley 時，眼神裡都充滿著讓人難以忘懷的真摯，簡單一個字卻裝滿了拉達克人的樸實。

「這個字很神奇吧！」史丹增熱情地和我解釋這個詞彙所代表的每個寓意，月光之下，他骨碌碌的雙眼在黝黑臉頰上顯得格外發亮。

其實在前往拉達克之前，行程一直遲遲無法確認，最後我只將抵達列城前幾天的住宿安排好，剩下的就等到了之後再找。史丹增的民宿距離大街上主要

聚集的商家約有二十分鐘的路程，乍聽之下，原先以為二十分鐘似乎不太遠，就當作是散步，但沒想到在高海拔的環境之下，光是走上一個樓層的台階就能讓人喘得上氣不接下氣，更別說那連續二十分鐘的爬坡路段，每天出門的過程就像反覆登頂那般挑戰。

旅程的計畫總是趕不上變化。抵達列城的隔天，同行友人，文的高山症發作，再加上感冒和發燒，休息一天過後，還是沒有好轉，史丹增建議我們可以到附近的醫院檢查，所幸並無大礙。醫生開立了緩解高山症的處方箋後，便請文這幾天先在民宿好好休息，並且暫時不要再往更高的海拔移動，所以我們決定將行程的順序重新調整，延長待在史丹增民宿的天數。除了讓文先把身體休養好，我和莫也趁機再多比價幾間旅行社。這段期間，史丹增幫了我們不少忙，不僅默默地趁我們出外找旅行社詢價時，幫忙將文照顧得無微不至，也給了我們許多網路上查不到的資訊，每天早上出門前，他總是熱情說著他的口頭禪：「如果有什麼需要幫忙的，儘管問我！」

拉達克位於邊境的敏感戰略位置，所以Google 地圖上的資訊和實際上的地點常常會有出入，加上網路上關於拉達克的資料也不甚齊全，吃了太多閉門羹的我們，最後在走投無路時齊聲說出：「不如問問看史丹增吧！」就這樣，史丹增一次又一次地幫我們解決各種問題，可能是幫忙打一通電話，可能是飛奔到現場幫我們翻譯，甚至有一次我的讀卡機掉了，我在鎮上找了半

天也找不到有販賣的店家，傳了封訊息給史丹增想問哪裡買得到，結果當天晚上回到民宿時，他早已買好並且在櫃檯滿臉笑意地迎接我們回來。

後來我們在拉達克旅行期間，遇到問題時總是會開玩笑地說：「不然就問史丹增吧！」雖然是句玩笑話，但史丹增的存在就像身邊那個總是讓你感到安心的朋友一樣。

最後我們也決定不再尋找其它民宿，就隨遇而安吧！也許故事的發生並不總是如你想像，而你該如何將超出範圍的那份想像加以運用，或許才是旅途最有趣的地方。況且待在列城的這幾天，似乎也漸漸習慣每天走上那段讓人喘到不行的「登頂」路程，但更重要的是，史丹增的民宿有種讓人回到朋友家的安心感受。

寫給自己的一段話——

試著暫停一下吧！不再要求自己做一個「完美」的版本，因為這樣只會成為一種被綁架和束縛。那些人們常常告誡的「愛自己」，並不是要你成為最完美的樣子，因為只能「完美」這件事，光用想的就讓人感到焦慮。

試著去接納不同面向的自己，因為每個模樣的自己都值得被愛。

我是個完美主義者，常被這樣的性格搞得自己非常沮喪。在這趟旅途中，好幾次因為一點瑕疵讓我想要放棄。慢慢的，我試著在不甚完美的過程中去觀察和傾聽，我想知道在那樣不如預期的狀態下，究竟透露著什麼樣的訊息。於是，我讓已經無法改變的發生帶領著自己走向另一個選擇，才懂得「一切都是最好的安排」。

並不是要試圖合理化不如預期的當下，而是我發現每個人都有一條專屬的時間軸，故事並不都是以線性的方式在進行，這條軸線上所發生的每一個事件也並非獨立存在，此刻發生的遺憾可能通往未來的另一個圓滿。也許抵達理想結局的路上變得些許複雜，但也因為每個事件的發生，更堅定了自己的信仰，得以做出更明確的選擇，並且長成更全然的自己。

在我們每個人專屬的那條時間軸線裡，每一次的發生和選擇，都會成為軌跡上的輪廓，當它被拼湊成更清晰的模樣後，無論好與壞，都是屬於你的美好結局。

列城

不知不覺間，你掉入那緩慢的流動之中，
放慢一切步調，
慵懶地成為這城鎮裡的一部分。

個性有點急的我，只要決定好的事就必須馬上著手去做，甚至有時發現自己突然閒下來時，明明是個可以好好休息的機會，卻總覺得一定還有什麼事情沒完成，大腦便無法停止地去回想任何可能被我遺漏的蛛絲馬跡。

可是待在列城的這段時間，我卻常常坐在可以眺望城裡風景的咖啡廳窗前，看著路邊來回踢皮球的孩子、總是慵懶躺在街邊的狗，抑或是手裡握著唸珠緩慢經過的老喇嘛。這裡的一切是如此的緩慢，緩慢的幾乎成了一種節奏，它讓高掛在街上的五色經幡飄動得緩慢，讓椅子上曬太陽的老人說話緩慢，讓高原上的旅客呼吸變得緩慢，讓身為觀察者的思緒變得緩慢。很多時候，我會不小心掉入那緩慢的流動之中，像漂浮在一片極為寧靜的空白狀態。

許多初次造訪拉達克的旅客，會先在列城短暫休息幾天，除了先讓身體適應高原海拔的環境，也能降低高山症的發生。這裡還有絕大多數的旅行社，提供不同需求的旅客，高級奢華的包車旅行團、等待併車包團的背包客，幾天後，差不多時期抵達的旅客又會開始往天堂才會有的美景移動。列城有點像是一座功能性多元的中繼站。因為同行友人發生高山症的關係，我們待在列城的時間比預期多了幾天，無論是常去的那間餐廳或是民宿老闆，看見我們的出現總是問：「你們怎麼還待在這？這裡什麼都沒有，拉達克有很多比這裡漂亮的地方，你們應該去看看。」

說起來，列城確實是個無聊的地方，雖然是拉達克的首都，但其實只是個小鎮。大街上有一整排良莠不齊的商店，機靈的喀什米爾商人幾乎佔據了整條街上的店面，他們積極地站在門口招攬生意，叫賣著窗內琳瑯滿目卻又差不多的手工批發貨；這裡沒有古老莊嚴的僧院，也沒有遼闊無人的高原景緻，皇后與他家人住的那座宮殿也早已搬到史托克（Stock）村裡，留下大街山丘上那擠滿參觀遊客的觀光宮殿。但在這裡，你似乎能看見許多有趣的人，街上成群結伴、四處閒晃的拉達克青年，他們有著流行的髮型和裝扮，來自村落裡的拉達克老人在大街上擺攤，一名年長的喇嘛和穆斯林坐在店門口聊天，街邊的當地人緊貼著彼此坐在地上擺攤。拉達克的夏天盛產杏桃，入秋後，隨處都能看到大量的杏桃乾在販售，路過的孩子總會直接拿起幾個放進嘴裡；這裡還有許多氂牛毛和羊毛製成的粗毛線，有許多偏遠村落來到鎮上的婦人，總是對你微笑說聲：「Julley!」她們手裡編織著拉達克傳統的厚實長襪和披肩，款式簡單，卻有著樸實的手工之美。

大部分的時候，你只是這樣無所事事地在街上閒晃，偶爾坐在二樓那能俯瞰大街的咖啡廳裡放空，不知不覺的，你掉入那緩慢的流動之中，放慢一切步調，慵懶地成為這城鎮裡的一部分。空氣中的自然雜質似乎有種特殊的修復能力，它讓人開啟一種寧靜的狀態，像準備正式進入拉達克的某種儀式，或許列城的無聊，正是它獨特的魅力所在。

"You don't find a happy life, you make it."

之前在一場演講上聽到這句話後，便把它記在心上，這一路上，我反覆思考著自己人生的價值觀，確實好像也是如此。

我認為真心想要的就試著去探索，而不是只停留在不斷詢問意見和等待的階段。也許生活就像一塊可以任由你去擠壓揉捏的無形狀態，設立好目標，並把無形的想像漸漸變成有形的步伐。不再把任何事情視為理所當然，因為所有的機會與巧合也是需要奮鬥而來的，無論屬於你的形狀會是什麼，請盡你所能的去感受、去探索，因為每個人都蘊藏著無限的能力去為自己創造。

我曾以為自己做過最瘋狂的事，是挑戰外界的各種刺激體驗。

可過了三十歲才發現，最瘋狂的事應該是，

當所有人都對我的現況期待並祝福時，

我卻能打破安逸的生活現狀，

讓生命設定的戒律成了一種沉重的誘惑。

如果你和我一樣還願意試圖去破壞自己，

也許當一切被摧毀的剎那，你也能理解那重生的喜悅。

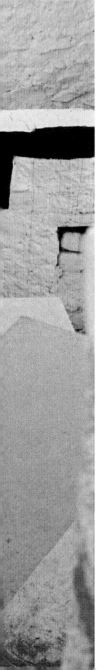

長大後，越簡單的事物反而越容易打進心裡。

你內心的空間就這麼一點大，
請留給值得存放的人事物。

陽光

我一直思考在拉達克的那段日子，
究竟是什麼讓我總是充滿希望？
我發現是──陽光。

只要一回想起拉達克，讓我印象最深刻的一件事，並不是高原上那常常讓人喘不過氣的極低含氧量，也不是那型態奇異特殊的巨大河谷，更不是延綿不斷的高聳山脈，而是那強烈的陽光。它讓生長在這片土地上的所有生命都帶著一種和諧的光芒。

這裡的陽光和海拔、緯度高低都沒有關係，它似乎能讓被照射到的事物變成一種透明又純淨的型態，山脈和岩石會在清晨發出金光，不斷移動萬物之間的距離，直到一切以祥和且靜止的姿態出現。它灼熱的照射方式和過去經驗裡感受到的溫度不同，有時你站在這片土地上，強而有力的光線像灌輸著某種超越自然的能量，如同佛言哲理，滋養著大地上的萬物，使其變得生動而有靈氣。

我一直思考在拉達克的那段日子，究竟是什麼讓我總是充滿希望？我發現是──陽光。那絕對的純粹又令人敬畏的一種存在，讓你和這片土地融為一體，並謙卑的成為其中一部分。它不再只是日出日落的一種提示，它是生命的起源，一雙擁有透析萬物的眼。

很喜歡友人曾說的一段話：「我們總是不斷地在練習對生活物品的斷捨離，學習分辨是因為喜愛而留存，還是只是因欲望而想佔據擁有。對待不健康的關係，我們也應該如此。」

當生活型態逐漸穩定，時間開始被規律的分配，能掌握並給予的時間和空間也越顯珍貴，那些讓人感到內耗的關係變成了一種累贅，除了自身的能量被影響，還要浪費僅存的時間在令人感到不悅的對象身上，真的是一件吃力不討好的事情。

所以我很認同朋友說的這段話，對於不健康的關係也應該要學會斷捨離。也許人類之間複雜的情感關係無法完全比擬成生活物品那樣簡單，可有時複雜的也許只是我們自己的腦袋，忘了照顧好內在感受，還情緒勒索了自己。希望我們都能重新檢視生活裡不健康的關係，試著學習斷捨離。

在所有版本裡，請好好愛著最真實的自己。

以前總誤認為，真正熟識的朋友是能包容彼此毫無底線的玩笑和行為，所以不小心就把彼此友好的程度當成了一種無形勒索，覺得似乎只要夠熟就沒問題。

可隨著生活圈的拓展，開始建立起自身感受最舒適的狀態，包容和感受度也有了底線，「尊重」便成了兩人之間的首要條件。即使再要好的關係也有不能輕易觸碰的底線，兩人之間的經營都藏在那些小細節裡，而所有的關係並不是擺放著就能昇華，懂得尊重彼此，才是走得遠的開始。

「你管別人怎麼想，做你自己就好。」那天在山上的雪地裡拍照時，我因為穿了一雙和雪地裝扮不搭的皮鞋而感到焦慮，忍不住碎念，莫就這麼輕輕回了我一句。

原先我還想回嘴，但靜心想想，他說得也是事實，只要自己不覺得是個問題，幹嘛替別人瞎操心。

拍完照後，因為天氣開始變好，我們便在雪地裡多逗留了一會兒，正好遇上了一位獨自下山的女生，她腳上穿著一雙時髦的黑色高筒皮鞋。會注意到她是因為她踩著幾次快要滑倒的步伐，一邊大笑還一邊給自己加油打氣地走著，我們兩個趕緊上前想要幫忙，她笑著說：「I'm ok！」只見她走過下坡後，繼續心情愉悅地踩著輕快步伐，偶爾腳滑地往山下走。

莫這時候突然問我：「那你的鞋會滑嗎？」

「不會耶！」我還站在原地，一臉慶幸地傻笑。

他笑笑地說，那不是很好，你管別人覺得適不適合雪地，就算有人覺得很奇怪，至少你自己能安穩地走在雪地上，那不是很好嗎？

那天下午的太陽越過了山頭，陽光照在我們兩個身上，我踏著自己的節奏走過山坡上的雪。是啊！你管別人怎麼想，做你自己就好。

我知道這世上有好多聲音，至今我偶爾仍會被那些雜音誤導了方向。

如果哪天你再度走進了迷惘之間，試著提醒自己，練習傾聽內在的聲音，

哪怕你窮困潦倒、哪怕你裹足不前，千萬不要忘記，

真的還有那麼一個你，會一直陪著你過關斬將，

直到再次打敗被人們稱為「恐懼」的大魔王。

來不及投遞的信

當初是如何提起勇氣,踏上一個人的旅行?

其實當初的那個我並不是真的比較勇敢，只是不再害怕犯錯。並不是說自己再也沒有任何害怕、猶疑的感受，而是我學著讓自己去面對每一次錯誤過後帶來的反作用力，試著一次次的去解決它，而不是在所有事情尚未發生之前，就先否定未來的一切可能。

每個人練習面對錯誤的方式大不同，我曾經給自己設定過一個SOP：去旅行、和陌生人交談、寫下內心感受。

無論途中迷路也好、溝通有困難也好，在旅程當中，沒有人會因為這些不順遂而責備你，因為唯一懷疑你的，是你自己。也許讓你害怕的，也正是給予你勇氣的，這兩者之間的關係，差別只在於你內心的那個自己。

一個人旅行的那段日子，常常讓我感受到內在最純粹的自我對話，探索的眼光不僅來自外在的體驗，更多的是一種內在的修復旅程。我想，這也是一個人旅行讓我如此著迷的原因。

來不及投遞的信

如何前往拉達克，在拉達克如何移動？

從印度德里出發拉達克的首都——列城，有兩種方式，最快的方法是搭一個小時的直達飛機，另外一個是走陸路包車前往，車程距離約一千公里。

大部分的人可能因為時間緊湊，所以選擇直接搭機前往，再來是一千公里這個車程距離，光是用想的就讓人感到屁股疼。我在安排這段行程時也有些掙扎，整理資料時，讀過不少關於陸路行程的文章，那段被世界各地旅人公認為地球上極為險峻的高山公路，是通往拉達克的大門，一段讓你永生難忘的「朝聖之路」，對於極度著迷沿途風景的我來說，實在是不想輕易放棄這難得的體驗。

「既然都要出發了，就去看看吧！雖然時間極為寶貴，把時間用在自己喜歡的事情上，就不用考慮浪不浪費。」心裡就一個簡單的聲音，讓我決定透過陸路的方式前往。

但是，如果你真的也很想走陸路前往，卻礙於緊迫的時間，可以從德里先搭機前往喀什米爾的斯里納加或是北印度的西藏聚落——達蘭薩拉，減少第一段長達十小時的車程，你可以在這裡安排一至二天的簡單行程，再搭車前往拉達克，感受沿途群山的色彩變化。

兩種交通方式都各有迷人之處，搭機除了省時，還能在空中飽覽縱橫拉達克

的喜馬拉雅山脈，至於走上那傳奇公路，則能體驗隨著海拔攀升而變化的奇
幻地貌。哪種方式出發都好，請切記，把寶貴的時間放在你喜歡的選擇上，
就是專屬於你最珍貴的回憶寶藏，誰都帶不走！

外在世界的呈現，源自於我們內在感知的投射，你得先照顧好自己，
當你感到自在和快樂時，周遭的人也能感受到那份喜悅。
內心的感受，永遠比外面那些話語重要。

而你知道如何把世界變得美好嗎？
也許，我們必須先讓自己變得美好。

不一定非得回到完好如初的自己才能擁有開始的資格，
只要你願意與自己和解，我們隨時都能重新出發。

來不及投遞的信

在拉達克，用什麼語言和當地人溝通，
有覺得挫折的時候嗎？

歷史上拉達克曾是個獨立王國，有自己的文化以及方言，但在一八四二年因喀什米爾的道格拉人入侵，拉達克王國走入歷史，成了查謨和喀什米爾邦（Jammu and Kashmir）的一部分，二戰之後，印度宣布獨立，最終拉達克成了印度土邦的一部分。

拉達克人普遍受過良好的英語教育，尤其是在首都列城，溝通上幾乎沒有任何問題，除了偶爾在村落或是攤販上遇見年長拉達克人會有溝通上的些許狀況之外，然而很多時候我卻非常享受那樣的溝通過程。在失去了語言上的溝通優勢後，看似笨拙的比手畫腳褪去語言上的包袱，流露在彼此之間的，更多了一份貼近真實的感受。尤其我們因為手腳並用再加上臉部表情的變化，常常把彼此逗得笑不攏嘴，那樣單純的肢體語言常常觸發內心最接近原始表達的情緒。

當然，事情並不總是那麼順利，有幾次我們在邊境檢查哨遇到簽證問題，因為語言不通，即使用盡各種比劃和真誠眼神試著溝通，都無法切確地讓對方理解。好在其他當地人正好路過，大概是頻率相近，即使我們比手畫腳，他們也能因一個眼神便理解我們的意思，好心地幫我們翻譯，最後才免於可能必須原地折返的窘境。

這樣的經驗會讓我感到挫折嗎？也許在那個當下偶爾會有近乎崩潰的情緒，

但說是挫折，好像還不至於，畢竟語言不通這件事本來就是旅途中可能發生的。換個角度想，或許卸下了語言包袱後的交流，反而更能拉近另一種人與人之間的距離，一種接近原始而簡單的交流，這些經驗都會成為日後回憶旅途的有趣故事，並且是非常真實的那部分。

來不及投遞的信

在旅途中總會有那麼幾次茫然，
要怎麼保持正面的心態繼續旅遊？

在這趟旅途中，我曾想過自己究竟能從拉達克獲得些什麼，尤其想到它可能成為出版品時，那樣隱性的焦慮逐漸佔據我看待人事物的眼光，於是我急著抓住遇見的每一個畫面。我確實遇到了一些人，有了一些短暫的對話，也確實拍下了幾幅難以忘懷的風景，可覺得自己只是緊握著表面上看見的美好，心裡總覺得沒那麼踏實。

我是一個很享受坐在車上想事情的人，隨著沿途的景色變化，那樣有著速度與時間感的行進軌跡，總能給我帶來一份寧靜感受。某天在一趟長達十二小時的單程路途上，我望著窗外綿延的喜馬拉雅山脈，問了自己這麼一句話：「所以我到底在尋找什麼？」

內心突如其來的複雜情緒像火山爆發似的開始四處亂竄，因為過於期待，深怕無法完美詮釋對這片土地的情感，擔心一個不小心就錯過眼前的各種可能。我知道這份焦慮並不是現在才有，打從出發之前就已經開始醞釀，我預設了許多對於這裡的想像與期待、計畫每一個完美的行程，甚至是期待記錄下每一次與當地人的「動人」對話。可實際上，拉達克這個國度有著許多不確定的因素，旅途中充滿了不安、失落，甚至是對自己的無名憤怒，好幾次我想乾脆放棄算了，為什麼一定非得去到這麼難抵達的地方不可？

大腦持續滾燙的思緒如窗外透進的陽光，猛烈地將車內曝曬成如火烤般難

耐，司機突然在山路邊一長排的砂石車後方停了下來，說是前方正在道路搶修，我們得在這裡稍作停留。車子的一旁緊鄰一處巨大的低窪山谷，山谷中央有個水藍色的湖泊，司機說它從冰河時期就存在了，湖水非常的乾淨，我們幾個人站在峭壁上的石堆好奇地向下探，觀察湖水裡的動靜。此時沿著喜馬拉雅山冰川吹來的一陣風在湖面掀起一道又一道悠長的漣漪，陽光將水面上的波紋照射出閃閃的光芒，是那個時候，我發現大自然裡的一切存在都有其關係，他們規律的輪轉是為了互相照應，所有的逝去都是為了另一個全新的開始。

我眺望眼前寧靜的山谷，那是一種由數萬年的風和雪組合而成的寧靜，不去在意網路地圖上的明確位置，此刻的感受是最真實的存在，或許問題早在一開始就出現了，我預設了根本不存在的期待，是我創造出各種尚未發生的落空，那些對於完美結果的渴望，讓人忽略了好好活在當下的每一刻。所以我放棄了期待、放棄了控制、放棄了尋找各種美好的可能，哪怕途中不乏讓人感到失落和焦慮的發生，最後竟也成了這趟旅程最重要的回憶之一。

那天開始，我試著讓故事自然發展下去，也許只有當我們放下對生命的預設立場，並不再只專注於追尋完美這永無止境的結果，我們才看得見生命裡最精彩的全貌，讓生命自然而然的發展，這是我在拉達克學到最重要的一課。

學會對自己說：「對不起！謝謝你！我愛你！」

懂得道歉的人並不會顯得比較卑微，反而當你學會了接住自己犯下的錯誤，才有機會將錯誤放下，擁有了承擔錯誤的勇氣，才能強化內在更龐大的力量。而那股力量會讓你不畏懼外在的眼光，散發真正的從容自在。

練習把過去的錯誤放下，原諒自己，並看見值得被愛的自己，由此展開新的開始。

來不及投遞的信

這趟旅程是否讓你重新思考生活的本質呢？

拉達克這片土地給了我許多有別於以往的感受，不僅是高山荒漠的特殊地貌所帶來的視覺衝擊，陌生文化故事裡蘊含的智慧哲理，生活在這片高原上的人，似乎真如我過去書寫文字裡期盼著的那份簡單與善良，他們讓我學會尊重大自然裡的一切發生，沒有什麼是真正屬於自己的，也沒有什麼是必須屬於自己的。

聽起來有點玄，但在這貧瘠的生活環境之下，日子雖然有些乏味，卻似乎有種修護內心的功能。過去習以為常的物質生活和習慣成了一種戒斷症狀，隨著每一天的時間變得漫長，大腦在日復一日的清晨之中顯得格外清晰，常常不小心就會陷入某種無狀態的平靜時刻。那樣的平靜成了一種內在的心靈啟發，看待珍惜和擁有事物的角度變得些許不同，哪怕只是坐在院子裡去感受高懸在空的陽光、抬頭望向布滿繁星的夜空和人們擦肩而過的每一句招呼，那種平靜都成了一種最深切的祝福。

人的身體有個自我修復的神奇機制，當拿掉生活裡的外在枷鎖，讓內在回歸平靜的狀態時，身體才會真正的開始運作起來，它會慢慢地將內心多餘的雜質排出，戒斷的過程常常讓人誤以為平靜是種乏味的情緒，不過它從來都不是乏味，那是回歸生活的本質。

也許所謂的生活本質，是你懂得如何與內在的那份平靜共處，並且重新學習好好生活。這裡，讓我看見最原始的自己，有機會一定要來這走一趟，和你分享。

來不及投遞的信

拉達克適合一個人旅行嗎？

我在贊斯卡山谷的山屋裡，曾遇到一位獨自旅行的東京女生。我們在分享彼此對於拉達克這片土地的感受時，她說這是她第二次來拉達克，上一次的印度之旅，曾短暫來過拉達克幾天，但那短短幾天便讓她深深愛上這裡的文化與風景，尤其是食物，她說自己最喜歡的是 MOMO 藏式餃子和 Thukpa 藏麵。她知道東京新宿有一間道地的西藏餐廳，那裡有著全東京最好吃的 MOMO，每次想念拉達克時，就會去吃上一頓，我們相約好，下次我去東京時，再一起去吃。

那天晚上，我們坐在山屋的廚房裡分享彼此的拉達克美食清單，也一起分享旅途中遇到的困難和經驗，友人好奇地問：「一個女生來到印度旅行會害怕嗎？」她笑著說：「出發前當然會啊！但一個人旅行，到哪裡都會有安全問題，也只能把該注意的準備做好，然後就好好享受旅程。」她又說：「但來到拉達克，我感覺非常的安全，這裡的人都非常的熱情與善良。」當時她說話時臉上的從容模樣，我至今還印象深刻。隔天清早，東京女生在離開前找我們一起拍下幾張合照，她還要趕回鎮上搭中午的唯一一班公車前往下一個目的地。轉眼間，她便獨自背上了一個比身體還大的背包往山谷裡走去，我們再一次揮手道別，她瀟灑的笑容在陽光底下顯得格外耀眼。

那天我想著，究竟什麼樣的所在才適合一個人的旅行？我想，只要你對那景色擁有一片嚮往，也許就能為你帶來出發的勇氣。

來不及投遞的信

如何走過生命中的低潮時期？

走過這幾年，我學會最重要的一件事——原諒自己。我不再拿過去的錯誤來懲罰自己，無論是別人對我的看法，或是我曾做過任何不如預期的決定。

我發現過去的生命經驗裡，大多數的人都在忙著歌頌「成功」，卻鮮少有人開口提起如何面對「失敗」，它彷彿成了一種讓人感到丟臉的事，所以拚命想著如何擺脫那樣的困境，甚至將它隱藏起來。但走向理想結果之前，大部分的時候都是那一次又一次所謂的失敗與低潮，所以我想重點或許並不在於該如何擺脫，而是從感到低潮的失敗經驗裡，學到了些什麼？在那些經驗的累積中，又讓你做出了什麼樣的選擇？

在《我也曾想過，殺了過去的自己》這本書裡，我坦承自己過去八年在面對外界輿論時，刻意隱藏的低潮情緒，對我的閱讀者坦承，同時也誠實地面對自己；我不再試圖刪除過去所有發生過的事實，因為那裡頭的每一塊碎片才能組成現在的我，我看見了這條時間軸的真相，我需要的從來都不是外在的肯定，我需要的是我對自己的認同。

而我說的學會「原諒自己」，是我不再用每一次的低潮與失敗定義自己的價值，我終於懂得堅定自己的立場；雖然承認自己的愚昧，卻開始擁有了愛自己的認知，也學會了好好愛人的能力，我知道自己的優勢與不足，但那跟外人沒有關係，我理解未來依舊會受到傷害，可我再也不會讓任何人奪走我為

自己感到驕傲的權利。

那些對於過去、對於未來的焦慮和不安，太多時候都來自於外界給予自己的評價和想像，本該是自己的人生，卻也忘了原本的自己該如何好好地選擇。我說的選擇，只是一份單純的替自己而活，活成自己喜愛的樣子，哪怕這個階段的自己有點狼狽、有點糟糕，但你懂得接納自己的每個模樣。

我意識到過去讓人感到失敗的經驗，成了一種能被提煉出的學習養分，現在的我只想好好保護心底最深處的那份簡單，因為那裡頭有屬於我的生活與夢想，你也是的。

Unfinished

「你見過拉達克嗎？」
「它會改變你看待生命的方式。」

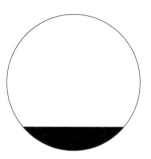

預設的形狀

你知道它最為動人之處是什麼嗎？
因為它的真實。
是那樣的真實完整了這趟旅程原先該有的形狀。

這次來到拉達克旅行除了為新書的影像取材之外，還有另外兩個計畫——

第一，拍下一百張我在當地遇見的面孔，個別為他們側寫一篇故事。
第二，拿十台底片相機給遇見的有緣人，讓他們自行拍攝，最後將照片沖洗出來，看看他們眼裡的生活是什麼樣子。

出發之前，我看過許多不同國家的旅人分享他們在拉達克的故事和攝影作品，我點開手機裡預計拍攝的每個地點，開始對這個計畫產生了一種莫名的期待，我似乎已經可以看見自己在拉達克村落裡的際遇。沒想到，這個想法卻也不小心綁架了我對於未知的期待。

結束了第一趟行程後，眼看旅程已經走了快一半，而原先的計畫卻比預期進展得還要落後許多，不自覺的，偶爾會不小心在對話中流露出內心的不安和焦慮，為了不影響同行旅伴的心情，我決定在下個行程開始之前和莫開個會，看看還有沒有其他方法。

「我真的不知道接下來可以怎麼辦？我計畫拍下一百個面孔，可到現在卻只拍了五個人。相機更慘，一台都還沒給出去，這跟我原本計畫得完全不一樣，會不會是我們行程上的安排出了問題？」面對行程所帶來的挑戰，或許可以不斷重來，但對於計畫上的不順利，我卻耿耿於懷。我坐在咖啡廳，對

著莫把心中所有焦慮和不安的心情一口氣說完。

「我覺得你太想把事情做好了，所以現在滿腦子只有如何完成計畫，你並沒有在這趟旅程裡。」莫面對我不耐的語氣，似乎也想直接了當地讓我知道真正出現問題的其實是我。

接著莫又再說了這麼一段話，讓我開始轉念，重新看待這趟旅程。「而且就算整趟旅程你只拍下了五張面孔又如何？那代表這五個人是路上和你最有緣分的相遇啊！它是五個貨真價實的故事，比起為了完成計畫中的一百個人，你可能只是在試著湊滿故事而已。況且一百這個數字是你自己設定的，它為什麼不能是五？你沒辦法控制故事的發展，那就讓它真實地去發生，你該看見的是它本來會有的樣子。」

那天坐在咖啡廳裡，這短暫的對話讓我意識到，是自己造成了現在這個局面，那些尚未發生的期望並不該用來填補心中所預設的想像；如果試著讓它失去控制，回到一切應有的位置，它自然會長成專屬於它該有的模樣。然後破除我們原先對於它既有的認知與框架，哪怕最後真的只有五個相遇的發生，它都是這趟旅程最珍貴的故事。而你知道它最為動人之處是什麼嗎？因為它的真實。是那樣的真實完整了這趟旅程原先該有的形狀。

懂你言下之意的人可能很多，
但當有個人能讀懂你眼角沉默和每一個笑容後的逞強，
那樣溫暖的感受宛如一個宇宙之大。

你得先照顧自己，讓自己感到自在和快樂之後，
才有辦法讓身邊的人也感到快樂。

石頭村的導遊 —— 貢布

在沒有標準的那個夜晚裡，
我想，那是一種最純粹的快樂。

聽說整個拉達克只有五個會說中文的導遊，來自石頭村（Domkhar Village）的貢布就是其中一個。因為中文導遊的價格比一般導遊貴上一些，所以我將幾段深度體驗的行程交給貢布。如果你沒有預算上的考量，在充滿藏傳歷史文化的拉達克，中文解說真的比英文來得更加動人。

在正式出發之前，我和貢布說希望能體驗當地村落的生活，所以他特地幫我們安排到他石頭村的老家和他家人住上一晚。貢布的家在崑崙山脈間的一條狹長山谷之中，那裡有著非常多古老的史前巨石，傳說數百年前石頭村有個國王，他的宮殿就建立於那石頭之上，貢布曾經帶我們到那已成廢墟的皇室參觀，外頭有塊百年前遺留下來的石板，我好奇地開著玩笑說：「它為什麼沒有被放進博物館裡？」貢布只是笑笑地說：「這有什麼好稀奇的，不過就是一塊石頭而已。」

石頭村裡約有四十戶人家，這裡位於印度河（Indus River）的上游，河流孕育了整個文明，而我們此時就站在源頭。印度河的水源來自高山融化的純淨雪水，貢布說這裡的河水是可以直接飲用的，你可以看到每戶人家的門口都有設置一條石造渠道來引接雪水，我們也拿起水壺裝來喝喝看。啊！口感真的好純淨！水質非常的軟又順口，滑進口腔時的觸感就像它是身體的一部分，我半開玩笑地說：「這瓶水要是在台灣的超市，可能得花上好幾塊才喝得到。」

在拉達克的村落裡，大部分人家都會有個能夠自給自足的農田或花園，他們會耕種許多水果和蔬菜。那天晚上，我們跟著母親和姊姊一起學習製作當地人的傳統晚餐——楚塔吉（Chutagi），貢布說它是拉達克的義大利麵，接著大哥從廚房拿出一桶私釀在傳統器具裡的青稞酒（Chhaang）請我們喝，他們唱起了喝酒的歌，貢布說那是拉達克的民謠，以前的民謠非常多，只可惜現在會唱民謠的人越來越少了。我們隨著優美的旋律舞動著，時而聊起現代社會帶來的便利性，時而聊起隨之而來的改變，忍不住發出一聲嘆息；聊到了關於居住環境的問題，我和貢布說真羨慕他們有這麼棒的房子，還有能自給自足的花園，這對我所居住的地方來說，是件非常幸福的事。

「但現在的人喜歡的房子也不一樣了，很多時候他們選擇改裝房子的原因，是因為別人的影響；你看到鄰居有個漂亮的花園，所以你也跟著蓋了一座；他們買了一台新的電視，你也跟著想要一台。我和你說，現在的人想要的幸福和以前是不一樣的，他們的幸福都來自於別人手上。」貢布帶著些許酒意地說，神情顯得有些感嘆。

我想，我大概能理解貢布說的，其實我們很容易將群體價值誤認為是一種自我標準的參考，這樣的情況可能在我們年輕時就開始形成。小時候，你看見了其他同學都擁有某種特定的物品，然後在你的標準裡就發展出一種需求，你將能擁有相同物品這件事當作一種獲得快樂的標準；而成年後，我們看見

鄰居、朋友、同事使用最新的科技商品，也將那擁有相同事物的渴望，變成了一種快樂的來源。

那天，我們所有的人站在村落裡的那間房子裡飲酒唱歌，沒有標準的舞蹈動作，也沒有標準的歌詞，在沒有標準的那個夜晚裡，我想，那是一種最純粹的快樂。

旅途中，我在一間販售各種礦石水晶和西藏傳統用品的小店裡，遇到了一位來自西藏的婦人。玻璃櫃檯下擺著琳琅滿目的飾品，我望著其中一顆心儀的紫水晶墜飾，心裡想試戴，可卻站在櫃檯前猶豫許久，因為曾經有位老師說我的命格裡，紫色比較容易招來負面的能量，要我盡量避開紫色的東西。

婦人見我猶豫許久，便問需不需要幫忙，我也不知道為何一開口就和她說了老師曾有的告誡。那位西藏婦人聽完後，態度和藹並且溫柔地笑說——

「如果你喜歡紫色，可是有人和你說紫色對你不好，你內心就認定紫色是不好的能量，而你也漸漸地讓它成為一種恐懼，那原本存在好的能量，早已被恐懼影響，進而成為了不好的能量。世上萬物都有能量，你必須自己感受，如果你感覺是好的，為何要讓別人影響你的決定。」

過了許久，偶爾還是會想起這段對話，簡單卻很有力量。旅行，真的是一場無法複製、貼上的際遇。

寫給常常懷疑自己的你，總是一個不小心又聽進太多人的聲音，
卻忘了誠實地面對自己。

要時刻提醒自己，你的內在情緒應該由你自己決定，
學著拒絕讓人感到不舒服的事情，讓自己擁有內在情緒的自主權，
那是通往喜歡模樣的大門鑰匙。

我無法證實善良是否為天性，但我相信，善良可以是一份選擇；不過真的很抱歉，無論你如何選擇，傷害你的確實會一直存在，這是誰都無法避免的過程。我們在經歷過許多難關與挫折、傷害與背叛後所做出的選擇，對於往後人生需要面對的課題有著至關重要的影響。

有句話我一直很喜歡：「知世故而不世故，是一種成熟又溫柔的選擇。」

改變你的，從來都不是他人對你做出的行為，你人生的模樣，是你自己所做出的選擇。要讓自己永遠善良這件事並不意味著軟弱，真正強大的人，是在經歷種種難關後，依舊能保存內心那珍貴又可愛的良善。

善待自己也理解他人，善良是一份選擇，請將它留給懂得尊重和珍惜的人。

怒吼的贊斯卡河

它讓我驚覺自己是這土地上的一部分，僅僅只是一部分而已，
那些過去自以為是的擁有，似乎不再足以成為生命中的枷鎖；

我是一個非常喜歡徒步旅行的人，在那樣行進的過程中，常常會讓人進入一種非常專注的獨處狀態。腳步變成一種穩定的節奏，感覺到呼吸逐漸平穩，血液開始變得清澈，大腦裡的思緒慢慢成了一片毫無修飾的空無之地，直到你沉浸於大自然之中。

這次在拉達克的旅行裡，大部分的交通方式都是坐車移動，唯一一趟徒步旅行是我們從贊斯卡的峽谷走進一座位於峭壁上有兩千五百年歷史的僧院，單趟距離約需六小時的腳程，加上在海拔四千多公尺的山谷間上下行走，確實是一種身心靈的挑戰。

贊斯卡河呈現一片極度清澈的水藍色，像冰川融化後的純淨，像似神祕的生命般不斷持續流動。它將山谷開闢成一道深長的寬闊峽谷，左右山壁幾乎成垂直的型態，當地人說，河流會在零下四十度時結凍，冰川會變成唯一一條向外聯絡的路徑。我帶著敬畏的心情走進贊斯卡的峽谷之中，河流不斷發出如怒吼般的巨大聲響，狂妄地讓人再也聽不清山谷裡其他生命所發出的聲響，包括我的呼吸聲、心跳聲，甚至行走時身體所觸發的摩擦聲響。意識像被某種透明的龐然力量所主宰，在幾乎失去辨別方位的聽覺裡，卻意外讓人感到一股平靜。我不再凝視那憤怒的河流，或是頭頂上映襯一道深藍天空的峭壁，我沉浸其中，被這座峽谷包圍。它讓我驚覺自己是這片土地上的一部分，僅僅只是一部分而已，那些過去自以為是的擁有，似乎不再足以成為生

命中的枷鎖。我專注地朝著目的地前行,我注視著眼前所踏出的每一步,感
受自己是如何強而有力地活著,我開始對於每一件事情都充滿期盼,似乎和
這片土地上的所有生命都產生了連結,對著樹和石頭好像它能聽見一樣的說
話,一種超然的平靜讓感受變得如此清晰,它讓我能和眼前所有事物獨處並
且不再感到害怕。

我意識到那是一種生活,每一步都是生命中最重要的開始。

年少時，總以為能對抗時間的洪流，在湍急的青春歲月裡奮不顧身，因為比起討人厭的年紀門檻，能為了真心所愛而受些傷，說起來也可以算是一種驕傲吧！

比起昨天的自己，唯一的改變，是越來越喜歡每一個階段的模樣。

我和自己說：「成長，不是走向複雜；有時候，也許我們都在努力抵達最初簡單的模樣。」

曾讀過一句拉達克諺語：「最偉大的勇氣，是敢於快樂。」
一路上我始終想不透，為何快樂需要勇氣？

在拉達克旅行的兩個月裡，看見了無數張充滿生命力的笑容，那份喜悅如
同真相裡的光，它似乎能輕易地穿透所有人的面具，彷彿一觸碰就能揭露
人的本質。它讓我開始對每一件事情都充滿期盼，眼前所見似乎都能產生
某種特殊連結，哪怕是對著石頭和樹說話，都覺得它們能聽見似的，坐在
太陽底下讓皮膚被陽光照射的分秒，常常會讓人對於活著感到滿足。

拉達克的朋友曾和我說過，他們認為佛陀並不是神，而是一位上師，他們
信仰的是他的智慧。他曾和我分享佛陀所說的一句話：「一切和合事物皆
無常。」凡事稍縱即逝，真正的智慧是喜悅，以平和的姿態與萬物共存。

全然地接受喜悅這件事，其實需要非常龐大的力量，也許因為過於龐大，
反倒讓人感到害怕而抗拒；於是有些人開始質疑一切喜悅的發生，認為自
己不可能那麼好運，因為好事從來不會輕易地發生在自己身上，但也許問
題從這裡就開始了。

那天我獨自坐在贊斯卡河流的一顆巨大石頭旁，聽著湍急河水不斷激起的
怒濤聲，心中異常平靜。可這不僅是一份單純的平靜，而是我終於試著將
它抽離出來，全然接受所有一切的發生，不再害怕，並且敢於接受任何喜
悅的發生。

十 八 歲 的 喇 嘛

如果真的是這樣，那我不想睡覺，因為我不想長大，
我想要回到我的童年，我想再選擇一次。

我們原先預計在贊斯卡山谷裡懸崖上的洞穴僧院——Phugtal Monastery，留宿兩天，希望能深入體驗這座僧院，但是這座僧院隱藏在非常偏遠的山區之中，只有一條聯外的徒步路徑，最後我們決定把留宿的時間延長至三天。千年以來，僧院在人們尚未發現它之前一直隱世於此，也因為遊客非常稀少，依舊保有一層孤立的神祕感。

Phugtal Monastery 現今還約有七十名喇嘛隱居於此，這裡有一座替當地村莊的學生所設立的佛學院，學校除了提供免費的佛理哲學與現代教育課程，也提供孩子在學需要的所有費用，來自世界各地徒步旅人自由捐贈的善心，資助了這座學校的教育。

僧院前方的路口有間山屋提供旅客留宿，我們第一天抵達時已近乎天黑，在山屋裡工作的一名拉達克青年拿著手電筒，站在漆黑的懸崖旁替我們指引方向，我們計畫今晚早點休息，隔天清早再到僧院參加喇嘛學生的早課與辯經。

「你好，我是徹旺，你們怎麼會這個時候來？」帶領我們辦理入住手續的拉達克青年先是和我們自我介紹後，突然丟出這麼一句讓人感到疑惑的問題。「我們預計明天早上去僧院參觀，請問你知道早課是幾點嗎？」我簡單表明了我們的目的。

就在此時，一位小喇嘛突然從門口跑了進來，他揹著一個現代卡通圖案的彩色後背包，接著一個又一個小喇嘛全都衝進山屋裡，六名小喇嘛現在全都擠在廚房前探頭探腦地傻笑著，徹旺走進廚房拿出一壺熱茶和點心給他們，小喇嘛快速喝完了茶，手裡拿了點心，便一窩蜂地往外衝去。

「他們剛放學嗎？」我見到眼前的景象覺得很有趣。
「喔不，他們明天開始放二個月的冬季假期，現在準備要回家了。」徹旺笑笑地說，然後接續著他一開始疑惑的眼神。
「那……明天我們還能去參觀嗎？」我抱著最後一絲希望問，心裡卻早已各種晴天霹靂的吶喊。
「當然可以，只是明天開始這裡就沒有人了，所有的大門都會鎖起來，但在洞穴旁的那個房間有個留守的守門人，他是我的朋友，你們去找他，他會幫你們開門的。」徹旺接續著說。

實在不知道該如何形容此刻的心情，首先這座僧院是我們在贊斯卡最主要的行程，也特地為了能在這裡多待上一天而將後面的行程取消，但木已成舟，文安慰我，她說這樣也不錯啊，可以看看完全沒有人的僧院長什麼樣。但實際上這個安慰並沒有達到太大的效果，當我們隔天抵達空蕩蕩的僧院時，真的什麼都沒有，它就像是一座被遺棄在山谷裡的古蹟廢墟。我們在僧院閒晃時，遇上了一位獨旅的東京女生和另外一對印度夫婦，大家帶著疑惑的神情

尋找任何一個能進入參觀的入口，要不是徹旺和我們說可以去找那位守門
人，我們留宿的整整三天，真的是吃了一個閉門羹。

我們照著徹旺說的位置找到了山洞旁的一個矮小房間，只見大門深鎖，我們
試著敲了幾次門後仍沒有回應，接著仔細查看這座僧院裡的每個角落，完全
沒有半個人影，就在我們準備離開的途中，有個身穿紅色袈裟，皮膚黝黑的
年輕喇嘛在海拔四千多公尺的樓梯之間狂奔，他臉不紅氣不喘地快速跑到我
們眼前，手上還拿著一大串綁著紅線的鑰匙；接著他帶著我們入內參觀這裡
的圖書館、佛堂和講課的大廳，充滿金紅黃色的老式唐卡和書皮古老的經書
擺放在眼前；當我抬頭仰望時，大廳裡的一切似乎遙不可及，我們小心翼翼
地踩在吱吱作響的木條板上，隨著時間的推進，當光線曬上那金銅色雕像的
臉時，你再次抬頭，又覺得好像連呼吸都能觸碰到一切。

這位年輕喇嘛今年剛滿十八歲，從南印度的佛學院來到這座僧院想要繼續學
習，預計在這裡待上一年。他說因為自己剛來二十天，所以早上在僧院帶我
們參觀時，不知道要如何跟我們介紹；徹旺和我們說，冬季假期的期間，年
輕喇嘛會和他一起住在外面的帳篷，他今天早上因為睡過頭，所以才會一路
狂奔到僧院幫忙開門，開啟了這個話題後，我們幾個人在山屋裡的餐桌上笑
了出來。

「你在台灣的工作是什麼？」經過簡單的自我介紹後，年輕喇嘛好奇地問我。

「我是一名作家，這次來拉達克旅行四十天，希望能寫下一本書。」我說。
「太短了，你應該要再待長一點，這裡還有好多故事。」他說話時的血氣方剛，和印象中的十八歲青年沒有太大的差別。

我跟他開玩笑說自己快沒錢了，需要回去工作，我沒有說謊，這趟旅程的預算早已經超支。年輕喇嘛帶著十八歲男孩獨有的直率口吻說，他想和我分享一些自己的感受，從他嬉皮笑臉的神情中，我實在猜想不到他的認真程度。

「你寫了幾本書？你的書很有名嗎？」年輕喇嘛直白的將話問出口，絲毫沒有任何婉轉。

身旁的友人聽見也跟著開玩笑回應：「他在台灣是很有名的作家喔！」接著喇嘛一臉好奇地說那你為什麼沒錢，如果你很有名應該也很有錢？

「寫書的收入比較不穩定。」我打趣的回應。
「那你為什麼還要寫書？」喇嘛繼續追問。
「因為我喜歡這件事啊！」我不假思索地回應，接著看這位年輕的喇嘛只是默默地點頭附和。

「那你喜歡什麼？」我見他沉默不語，也好奇一位十八歲喇嘛的答案會是什麼？「我喜歡摩托車，尤其是日本的 Kawasaki 。」提到喜歡的事，喇嘛眼神充滿熱情地說著。

一旁的莫接著說，所以一年結束後，你回到了南印度，會想完成這個摩托車的夢想嗎？喇嘛說那只是興趣，那不是夢想，他說話的語調開始放低，口氣聽起來也不再像剛開始那樣的直言不諱。我好奇問他為什麼會想成為一名喇嘛？他說在他七歲時，父母便把他送去了佛學院，但來到這座僧院學習是他自己的選擇。

「那你有夢想嗎？」我還是忍不住開口問了這句話。
「我的夢想……我的夢想是個問號。」喇嘛說完這句話後低頭不語。

我們彼此沉默了許久，年輕喇嘛再次用他十八歲的直率打破僵局，他問我寫什麼樣的書，我和他說是關於旅行和勵志的故事，接著他一臉調皮的模樣站了起來，並示意邀請我在現場演說一段激勵人心的故事，眼看時間已經過了午夜，大家也都累了，於是我開玩笑說：「去睡覺吧，睡覺讓你長大。」

他說，如果真的是這樣，那我不想睡覺，因為我不想長大，我想要回到我的童年，我想再選擇一次。

曾有人問我如何增加自信心。前幾年的我對於這個問題的答案，常感到些許遲疑，原因是在某些方面，我知道內心深處的自己是非常沒有自信的，只是那時候的我比較擅長隱藏，所以還算能表現出生活自在的模樣。

過去我總認為增加自信的方式可以藉由學習新事物、完成人生必做清單、多和陌生人交流等達成。也許透過外在刺激與吸收更多知識後，面對外界的評價就更能有底氣一些。

可在經歷過無數次的矛盾、打擊和練習後，我發現過去的認知只是增加自信的一種附加方式，真正的問題還是你是否肯定了自己，在你尚未真正肯定自己之前，你的自我就像一塊被透明塑膠片隔住的海綿，灌溉再多的養分也無法吸收。而我學會肯定自己的第一件事就是，認同自己所做的每一份選擇，傾聽並支持內在發生的每一次情緒和聲音，與外在建立任何關係之前，先架構好內在的感受和自我價值。

外在對於自己的肯定與評價是浮動的，但從自我認同的那天開始，你的價值便由自己來定義，即使在沒人看見的時候，依舊可以保持屬於自己的節奏，最重要的，是懂得善待自己，你也能成為你理想中的樣子。

希望你沒忘了出發前的決心，
那時候的自己是為了什麼而走到了這裡。

經歷了這幾年動盪的世界，只想和自己說，
不要再把過去糟糕的經驗當作一種否定自己的錯誤，
只要你願意，我們永遠都可以重新開始。

一段不被注意的對話

我想，明年我會再來一次，
這裡有種讓人安心的感受，只是……真的太冷了。

人與人之間，最大的吸引力在於真誠與善良，這是我一路上秉持著的信念。

在拉達克旅行的日子裡，遇上了許多真誠、善良的人，那些看似平凡的相遇和對話，至今依舊深刻記得。

・ Something valuable

我在尼姆村（Nimmu Village）的一間民宿裡遇上了一對來自德里的夫婦，兩人都非常熱愛旅行，也在造訪拉達克後決定定居於此。民宿有著風格自然不造作的花園，後方山頭融化的雪水奔流而下，和緩的流進花園裡，形成了一道如河谷般的蜿蜒渠道。

待在民宿的那幾天，我和民宿的女主人英達拉妮聊到自己此趟旅遊的出版計畫，也談到未來希望能再回來拉達克並舉辦攝影展。因為非常喜歡民宿的環境，所以向她提議是否有機會與民宿合作並舉辦攝影展，希望展覽期間的所有收入能全數資助當地學校教育。

「小時候，我常夢想自己有天能去世界各地旅遊，希望透過這個展覽讓孩子有不同的視野，或許裡面也有個和我一樣夢想旅遊世界的孩子。」

英達拉妮聽完我的分享後表示非常有興趣，並且能全力贊助場地，但她接著和我說了這麼一段話——

「有些事情，並不是用金錢去衡量你能給予多少幫助，其實拉達克的學校教育資源並不如想像中的匱乏，也許你可以換個方式，來這裡幫他們上一些課，例如你的旅行經驗，甚至是如何開始寫作、攝影等⋯⋯我想，那樣的經驗分享是更有價值的。That's something valuable.」

· 摩利利湖 Tso Moriri

摩利利湖，印度海拔最高的內陸鹹水湖，海拔約四千五百公尺，湖泊長度約二十六公里，範圍非常的大，散步在湖邊時，常常讓人誤以為眼前湛藍的湖水是一片海。入秋後的拉達克，溫差變化非常之大，我們住在湖邊的民宿時，常常會被夕陽落下後的低溫凍得瑟瑟發抖，每當看著孩子只穿著一件破舊的長袖，就可以在鎮上跑來跑去時，身穿發熱衣和羽絨外套的我，都會感到有些不可思議。

離開的那天清晨，我在陽台碰上一位來自德里的女生，她手上握著一杯冒著熱氣的黑咖啡，身體還蜷縮在厚重的毛外套裡，我搓著雙手不斷吐出熱氣，兩人對視後，忍不住替眼前這幕彼此都打著寒顫的模樣笑了出來，對於都是來自冬天不怎麼冷的國度的我們來說，那或許是一種不言而喻的默契。

「妳是第一次來拉達克嗎？」我接續著那相視而笑後的眼神說著。

「是啊，你也是嗎？」

「我也是，妳覺得拉達克怎麼樣？」

「這裡所有的事物似乎都充滿著魔力，看似孤寂又荒涼的環境，置身於此卻時常讓人感到如此自由。」

「我想我大概懂妳說的那種感受，我在拉達克的這段日子裡，常常感受到一股平靜，起初我也說不太明白，但日復一日，即使在最不被注意的日子裡，和你擦肩而過的老婦人對你說的每一句 Julley，路邊和你微笑揮手的小孩，在每一次誠懇的對談之中，都可以感受到這股平靜。」

「我想，明年我會再來一次，這裡有種讓人安心的感受，只是……真的太冷了。」德里女孩說完後，我們倆再次對視笑了出來。

・ 古董店的老闆

列城的大街上有一間專賣拉達克古董的小店，老闆是在列城長大的穆斯林，他說從小就跟著父親學習經營，但他其實沒什麼興趣，不過那個時候也沒有其他選擇，老闆拿出番紅花泡了一壺茶請我們喝，臉上的紋路多了幾分無奈與滄桑。

「你看過真的天珠嗎？」我好奇地問著古董店的老闆。

前兩天，我在一間旅行社的牆上看到一張攝影照片，村落裡的拉達克老人身穿傳統服飾，脖子上戴著一串有著黑白相間的圖騰珠子，我問了旅行社的老闆，他和我說那是他在深山村落裡拍攝的照片，那名老人戴著的是貨真價實的天珠，而且還是極為稀少的九眼天珠，現在真的天珠太少了，你看到大街上那些攤販和店家裡賣的，全都是用樹脂製成的廉價仿冒品。

問起天珠後，老闆隨即一聲長嘆，他說自己年輕時有個非常悔恨的故事，接著老闆繼續說道。

我剛接手父親這間店時，身上沒有什麼錢，說實在的，我也沒什麼興趣，當時是拉達克入秋後的季節，就差不多是現在這個時候，有許多住在深山裡的拉達克人會帶些家裡的老東西來鎮上交易換取現金。當時有個老人拿著一顆天珠來找我，我問他開價，他說 50 萬盧比（折合台幣約十九萬），那時候我什麼也不懂，只覺得這東西太貴了，老人跟我說這是九眼天珠，他就要賣這個價錢，所以我請朋友來幫忙鑑定真假，朋友看過之後也說應該不是真的，畢竟沒多少人看過真的九眼天珠，所以那時候我就打發那個老人，還請他再去找別人。

過沒多久，我接到朋友的電話，著急問我老人還在不在，他跟我說那個天珠是真的，叫我快點跟他買下來！我那時候什麼都不懂，身上也沒那麼多現金，朋友叫我去借錢也要買，所以我趕緊跑出店門到大街上找，但那個老人已經消失不在了。

你知道嗎？他們都是從很遠的地方來這裡，也可能不會再來了。現在一個九眼天珠可是要賣幾百幾千萬，我真的很後悔，如果那時候我有買下來就好。老闆環顧店裡四周，不斷地重複著自己的悔恨，他看著玻璃櫃裡的古董不耐地說，這些都只是一些賣給遊客的破東西。

‧ 嚮導史丹增

我們在列城的頭幾天，找了幾間旅行社詢價，在等待的過程中認識了一位嚮導史丹增，他正好在門口聽到我們有些行程上的問題，便熱情地給了我們一些建議，也推薦我們幾個沒那麼觀光的景點。

「你們從哪裡來？」史丹增站在門口點起了一根菸。「我們來自台灣。」接著簡單的和史丹增聊了這次來拉達克旅行的一些計畫，除了熱門的觀光景點，我們希望能有機會探訪更深入的村落生活。

史丹增擔任嚮導工作十五年，這幾年轉型做重型機車的團，他說這幾年來拉達克旅遊的人越來越多，大街上滿是一樣行程的旅行社，旅遊品質越來越差，很多遊客的素質也越來越差，尤其是那些自以為花錢就是老大的旅客。

「那些人來到拉達克，覺得自己是這個國家的主人，好像我們是他們的僕人一樣，他們以為花錢就能使喚我們。」史丹增激動地說著，手指上的菸頭已經燃盡。「有次，我帶著一家人的團，他們告訴我想要體驗拉達克的當地生活，所以我帶他們去了村落，他們到了之後開始嫌那裡又窮又破，嫌廁所不乾淨、嫌食物不夠好，他們問我哪裡有好一點的餐廳，接著又嫌路況很糟，問可不可以換好一點的車子，還要求我幫他們開車門才願意下車。你知道嗎？我把他們通通趕下車，我打電話給公司請他們自己想辦法處理，那些人以為自己花錢就是老大，嘖！我才不稀罕他們的錢！」

史丹增再次點起另一根菸，深吸了一口後說：「那些人都把拉達克人當成笨蛋！」

‧ 二樓的拉達克菜

抵達列城的第一天晚上已經接近餐廳打烊時間，我當時有些輕微的高山症頭痛症狀，心想吃一些有熱湯的食物可能會舒服一些，便決定在住處附近隨便

找間藏菜館解決晚餐。

「你們是第一次來拉達克嗎？」老闆在遞送菜單的時候順口問了這麼一句。「是啊，請問你們有藏式湯麵嗎？」我快速看過菜單，其實胃口並不是太好，也和老闆說自己第一天到，現在有點頭痛的症狀。

老闆建議我可以點一杯蜂蜜檸檬薑茶，他說是這裡的高山茶（High Tea），可以預防跟減緩高山症。那天老闆還特別幫我多加了一些薑，他跟我說功效會比較好，也不知道是不是心理作用，雖不是馬上見效，但隔天起床後，似乎也就沒什麼頭痛的症狀。

因為行程的安排，大部分的時間我們都不在列城，所以準備離開拉達克的前一晚，決定再去這間餐廳吃一次晚餐，而且不知為何，心裡也有些懷念那杯蜂蜜檸檬薑茶。我點了和第一天晚上一樣的湯麵及薑茶，老闆招待我們的過程似乎沒有認出我們，加上當時餐廳看起來有些忙碌，我也就沒特別和老闆說些什麼。

「後來你的頭痛有好一些了吧？」我們站在結帳櫃檯前，老闆一臉微笑地看著我說，他說今天一樣有幫我多加了一些薑。我連忙跟老闆道謝，並和他說今天是我們在拉達克的最後一天。

「我還記得你第一天來的時候頭痛不舒服的模樣，你現在看起來就像是個拉達克人。」老闆逗趣地說「最後一天的晚餐可以在這裡結束，感覺真的很好。」我和老闆一同回憶起那短暫的交集時光。

老闆和我說，其實今天也是餐廳最後一天營業，他今年打算提前回家過冬，他的大女兒已經開始上學了，希望能親自接送她上下課。道別前，我看著櫃檯上貼著的六字真言——唵嘛呢叭咪吽，他教我們唸了一遍，我們隨著老闆的虔誠口吻複誦了一遍，他說祝福你們一切平安。

‧ 史畢吐克村裡的老人

我發現在拉達克旅行期間，有許多相遇和對話總是來得超乎預期，我常深陷於他們隨口分享那充斥著哲學思考的智慧佛言裡。如果說，哲學對我們來說是一種生活中的思辨，那也許拉達克人本身就活在哲學裡。

我曾在史畢吐克村裡的一戶人家晚餐時，遇上一位老人，他的英文極好，他說曾經在德里唸書以及工作，但他不喜歡那邊的生活，於是搬了回來。

用餐途中，有另外一名大哥從廚房拿出了青稞酒，那是一種由大麥和小米釀造而成的當地啤酒，他問我要不要喝上一點，我一時來不及反應，大哥擔心

我可能因為信仰的問題而不能喝酒，我連忙解釋並趕緊拿起眼前的那杯酒喝下了一口。大哥是一名佛教徒，他不好意思地和我說他平時其實不喝酒，偶爾才會像這樣喝上一小杯。

為了不讓大哥尷尬，我和他說沒關係的。

「你是佛教徒嗎？」一旁的老人接續著我的回應。
「我不會說我不是，但似乎也沒資格說自己是一名佛教徒，尤其是當我走過這趟拉達克的旅程。」

「Everyone could be a Buddha, you don't need to go to the monastery to make you a Buddha, Your inner makes you a Buddha. 所有的人都能是佛，你不需要到僧院裡對著那些金銅色的雕像敬拜才能成為一名佛教徒，是你的內在良善讓你成為一名佛教徒。」

「你可以在任何地方成佛，就像現在我們坐在這裡，外頭有個人，他想和你要一杯水喝，你把他趕走，然後你說你是個虔誠的佛教徒，但你的內在卻不是如此。你要記得，意識取決於動機而非行為本身，你外在的一切表象並不重要，重要的是你的內在如何選擇，你的良善能讓你在任何地方成佛。」

在生命尚未有定局之前，

請不要用一時的錯誤否定了接下來所有的可能性。

寫給親愛的你，希望在原諒過去所發生的一切之前，
先學會原諒自己。

有時，我們都得經過好幾次的死亡與重生，
才能搞清楚自己到底是誰。

尼姆家的管家先生

我們並不是不懂得滿足，只是承載它的時間變得分散，
對於喜悅的感受也開始變得短暫，
最後在體內擴散成了一種無止境的需求。

出發前，我在幾本書裡和朋友的口中聽過這麼一句話：「拉達克，它會改變你看待生命的方式。」

於是我帶著這份也許根本不存在的期待籌劃著這趟遠行，我在台北幻想自己會如何在這一路上遇見不同的人，畫面裡似乎總是充滿某種坎坷與艱辛，例如在喜馬拉雅山腳下聽見一位智慧長者輕輕道破世間的智慧話語，在漫長徒步後抵達的千年寺廟裡遇見神祕喇嘛，還有邊境村落裡老婦人泡的那杯茶。好像非得走出一段苦行僧的歷程，才能解開生命中的困惑。我在這四十天的旅程途中不斷觀察，究竟是什麼樣的際遇會讓人有所改變？可到了旅程的尾聲仍遲遲未發現，我意識到這樣尋覓的過程是多麼的不切實際，莫名的焦慮幾乎佔據了體內的血液和細胞，於是我決定放棄尋找。

那天之後，我到距離列城四十公里遠的尼姆村的一間民宿——尼姆的家（Nimmo House）住上幾天，除了希望能暫時放下焦慮，也想給自己一個和新書取材無關的假期。

拉達克的冬天很特別，從十一月開始，白雪逐漸覆蓋大部分的區域，村落間的山林道路開始進入關閉的階段，尤其以列城至周圍的村落為主，大部分的居民會離開這裡到印度其他地方避冬，一直到隔年四月的春天及遊客再次來臨時，人們才會回到這裡繼續生活。

我們抵達尼姆家時，正好是他們過冬前的最後營業時間，老闆說我們是最後一組客人，但不用擔心，請盡情享受這裡的空間，隨後一名管家端上了迎賓果汁到我們面前，老闆和我們說這幾天如果有任何問題可以直接找這位管家，管家介紹了自己的名字——塞辛，接著露出一臉燦爛的陽光笑容。

我們待在尼姆家的這三天，幾乎所有大小事都是由塞辛幫忙處理，我常常在晚餐的時候和他聊天，他說他喜歡煮飯，希望有天能回老家開一間餐廳。

「這裡的餐點也是你煮的嗎？」我接著問。

「喔不，先生，但是如果你願意的話，我可以做些菜給你吃。」塞辛帶著他招牌的燦爛笑容說道。

過不久，塞辛從廚房端出了一道菜單上沒有的料理上桌，他說這些都是他在花園耕種的有機蔬菜，從他說話的眼神和笑容裡可以看得出來，他是如此熱愛廚藝這件事。

塞辛在尼姆家工作已經五年，他的老家距離尼姆村大約一千五百公里左右，我好奇地問，再過幾天進入冬季假期後應該準備要回去了吧？塞辛和我說，冬天的時候，他會留在這裡照顧這棟房子，因為大雪會覆蓋所有的東西，這

棟房子太老了，他需要常常整理，接著他告訴我：「但我的孩子很喜歡雪，冬天的時候我有更多時間可以陪著他一起玩雪。」說到孩子時的塞辛，臉上的笑容變得更加祥和。

「你的孩子也是在這裡出生的嗎？」我問。

「喔不，先生，我的孩子在老家出生後便和我太太一起搬來這裡，他今年兩歲了，到現在還沒回過老家。」

接著塞辛繼續說道。「我們可以住在一起就好，只要住在一起，那裡就是我們的家。」

我這次到拉達克旅行有個拿底片相機給有緣人的攝影計畫，主要希望能接續每次與陌生人產生交集的相遇，也好奇他們眼裡的拉達克生活會是什麼樣子。在離開的前一天晚上，我拿了一台底片相機給塞辛，並和他說明了自己的攝影展計畫；底片相機總共可以拍攝二十七張照片，我希望他能拍下任何他生活中最想記錄的畫面。那天晚餐時間，塞辛偷偷跑到了餐廳的後方，我嘴裡正咀嚼著他替我們特製的料理，突然一陣閃光，塞辛按下了第一張快門，把我們收進了他的生活裡，他一臉傻笑地拿著相機，我們相視而笑，突然有些感動自己能成為別人生活裡被記錄下來的一幀畫面。

隔天準備退房前，我在民宿裡沒看見塞辛，老闆和我說他今天放假，帶孩子去鎮上買些準備過冬的東西，心想來不及和他道別，真有些可惜。

離開尼姆家之前，我們打算先在尼姆村散步走走，晚點再返回列城，我們沿著老闆的指示到了村落山腳下的一處河谷祕境野餐，接著踩著夕陽餘暉慢慢走回尼姆家的途中，突然看見遠方的塞辛手裡抱著孩子朝向我們揮手。

「嘿，有人買了一雙新鞋！」我看見塞辛腳上踩著一雙全新的靴子，看來是要準備過冬用的。我半開玩笑地對著他說。

塞辛雀躍地和我分享自己一年一次進城買東西的過程，他指著孩子腳上那雙和他同款的新靴子，眼神滿是藏不住的喜悅和驕傲。隨著塞辛臉上綻放那真誠的笑容，我好好地和他道別，並祝福他與他的家人都能平安，心裡也算是彌補了早上的遺憾。

那天返回列城的路上，我和莫聊了自己心裡的感受。總覺得塞辛眼神裡的喜悅有些不同，可我一直說不出究竟那份喜悅和自己的喜悅有何不同，明明都是因為獲得了自己喜愛的事物而感到快樂的情緒，為何塞辛的笑容會如此讓人難忘。

「我想，是因為他很滿足。」那是他眼神裡最讓人難以忘懷的真誠，莫對著我說。

或許對於我們的生活來說，有太多東西容易取得，所以每當我們獲得了一份想要的事物時，心裡卻早已浮現出下一個目標；我們並不是不懂得滿足，只是承載它的時間變得分散，對於喜悅的感受也開始變得短暫，最後在體內擴散成了一種無止境的需求。

那天，我看著這趟旅途中所寫下的文字紀錄，也許問題從來都不在於向外尋找，那些過程只是一種啟發，它讓你想起一些遺忘許久的事，答案一直都在心中，只是我們尚未覺察。

愛自己，不是為了要得到更多人的喜愛，也許是在別人不愛你的時候，你懂得接住自己。

曾收到一封讀者的訊息：「問題是沒人愛我，連我都不愛我自己了。」

我知道那些關於「愛自己」的口號，人人都會，這樣如此基本的觀念似乎不需要再被提醒；但卻又無法否認，身邊總有些人，也可能是我們自己，在遭遇各種悲傷和傷害時，誤將難以消化的情緒移植到如何看對自己。我在影集《王冠》看到一段非常喜歡的對話，菲利普親王講述自己因為失去了至親而學會了如何與悲傷共存。

「悲傷進入了體內，緩慢的移動直到佔據了整個身體，變成了皮膚的一部分、細胞的一部分，它在那裡扎根並永久存在。當你學會適應之後，還是會再次感到快樂，只是跟從前再也不會一樣，但那就是重點，你必須繼續尋找新的方式。」

我們無法刪除已存在的事實，也無法控制未來即將發生的可能，能決定的只有當下的每一次選擇。也許身旁的人和你說著「愛自己」，並不是要你得到更多人的喜愛，而是希望你在遭遇那些悲傷時能選擇接住自己。我一直深信著，每一個人所散發的光芒，是因為懂得自己的價值所在，懂得和佔據你全身上下的情緒共存，你必須繼續尋找新的方式，最終你會找到屬於自己想去的方向。

童年都聽說過美好的人生故事，在成長的路上卻發現其實布滿荊棘，
最後才知道，被糖衣包覆著的全是猙獰的現實。
也許所謂的長大，只是意識到從今天起，
再也沒人能給你答案，而你只能獨自面對這世界。

來不及投遞的信

短暫斷開網路和短居邊境村落有何感悟？

LADAKH I Response to Questions

利用短暫的空檔規劃和整理大量陌生的行程資料，隨時拿著手機處理工作已經算是我的基本日常，甚至很多時候簡單找個能坐下的地方，就拿起手機開始寫稿。

我沒有想過，原來這些我習以為常的模式早已成了我生活中最大的焦慮來源，這件事是我在拉達克旅行的途中逐漸意識到的。因為拉達克的網路並不發達，地廣人稀再加上處於軍事戰略的敏感邊境位置，基本上只要離開了列城，在尚未抵達下一個村落之前，沿途多是處於毫無訊號的狀態。說真的，起初一開始還真的有些不太習慣，並不是我無聊時想要滑手機看社群相片，而是很多時候，我們在面對行程臨時出了問題，需要上網確認正確資訊時，這些時候常常會讓人感到不知所措。尤其是當目的地還是非常偏遠的邊境村落時，這裡大部分的邊境村落對於外國人能申請到的當地電話卡都是沒有收訊的，更別說是網路。

當然，沒有網路的這段期間也並不總是讓人感到緊張。這段日子裡，如果不是當下可以馬上解決，而是需要透過網路處理的事情，就會先放下，等之後再說。無論你再著急也只能等到有網路的時候再說，所以我開始學著去適應沒有網路、資訊不是隨手可得的日子，讓每一件事情隨著時間自然的來到面前時再一一解決。而我發現，其實事情並非想像中的如此緊急，反而讓我慢慢地學著將尚未來到眼前的煩惱放回它本來的位置，已經無法改變的事情，

煩惱也沒意義。

所以在長途的車程裡，我可以專注而不被打擾地看著窗外不斷變化的景色，不再因為手機桌面跳出的各種通知而分心。住在村落的那些日子裡，大概是我這幾年感到最自在的一段時光，並不是說網路對我來說不再重要，而是我在短暫沒有網路的日子裡，重新適應生活裡原有的平衡，那樣看似反覆無趣的緩慢生活裡，時間流動的快慢速度似乎真的能隨著心境上的變化而改變，我把它重新歸類和分配，也看見了更多預期以外的事物存在。我能應付隨著時間流動的一切自然發生，也許並不總是美好，可是光是如此真實的去活在每個當下，就能讓人感到如此的滿足。

我在邊境村落的那些日子裡，無論好壞，學會認真的生活，每一天都是生命中最重要的日子。

這幾年走來，我學會了原諒自己，不再拿過去的錯誤懲罰自己，
無論是別人對於我的看法，或是自己曾做過任何不如預期的決定。

我擁有了愛自己的認知，也有了好好愛人的能力，
我知道未來依舊會受到傷害，
可我再也不會讓任何人奪走屬於我快樂的權利。

來不及投遞的信

旅遊過程中，
最讓你無法排解負面情緒的事？
後來是用什麼方式排解呢？

這趟旅程大概有一半的時間我常常處於各種不同的焦慮之中,被打亂的行程、旅費上的超支,還有無法完成出發前的計畫;隨著挫敗感的累積,我總是隨口將「我想放棄了」這幾個字掛在嘴邊。

我將那些負面情緒毫無遮掩地展現在臉上,說真的,對一起踏上旅程的夥伴感到十分抱歉,不過他們不僅沒有責怪,還總是嘗試用不同的方式陪我一起解決眼前的難題。有天,我和莫兩人坐在咖啡廳裡討論必須重新安排的行程時,眼看我的挫敗感即將發作,他和我說:「要不你先試著把目前能做得到的事情寫下來,再把想做但可能暫時還無法解決的事情寫下,你之前不是說寫字會讓你感到平靜嗎?」

曾經有位替我解惑的長輩說:「其實你都知道答案,只是有時候想得太多,容易把情緒和事情混淆在一起。試著用寫的吧,寫字的時候頭腦會清楚一點。」

對於邏輯不是很清晰的我來說,情緒確實是一件需要好好的被寫下來並條列式整理的產物,我不僅條列式的寫下計畫,我還告訴自己,不如就先不消化吧!試著把負面的階段當作旅程中的一部分,好好的記錄,事情不總是順利美好的啊!

於是我記錄下每個階段的狀態，不強迫自己無時無刻的寫，但就是感到徬徨和挫敗感即將作祟時，把感受真實的記錄下來。我說的真實是沒有任何修飾的字句，無論那些感受有多麼的黑暗和負面，你只有先將問題釐清，才有機會看見問題的存在，並一步一步地去解決。

隨著旅程的推進，記錄的頁數越來越多，偶爾回頭翻閱，或許能從裡頭找到自己正在進步的蛛絲馬跡。其實事情不是沒有變好，只是你尚未發現事情正在往變好的方向移動而已。

這是我透過寫作，學會與自己和解的第一課。

來不及投遞的信

旅程中，會對過去所做的選擇感到後悔嗎？

LADAKH　I　Response to Questions

有些時候，也許在那個當下會感到後悔，但我會試著找到一個角度去重新檢視這份選擇，甚至是它所帶來的後續效應，一直到那裡頭的每一條軸線連結成了各種可能性，也許抵達最終理想結果的路上變得些許複雜，但也因為這些事件的發生，讓往後的旅程找到了更堅實的信仰、更明確的選擇，還有更全然的自己。因為在我們每個人的宇宙軸線裡，每一次的事件發生和選擇，最終都會將軌跡上的輪廓拼湊成更清晰的模樣，無論好壞與否，只要故事還沒寫完，一定會有美好的發生。

最近寫作期間，同步回顧了這幾年的生活變化，意識到自己學會一件非常重要的事：「讓一切自然發生。」

雖然做起來確實不太容易，尤其凡事都要求近乎完美的個性，這一路走來真的很辛苦。面對不如預期的過程，總是讓人感到憤怒，甚至常常因為強烈的挫折感來回碰撞，想想不如乾脆直接放棄算了，可身邊總有人提醒自己，既然已經發生了，那就順著做下去吧。雖然一時憤怒，不過如果真的選擇放棄，原先的憤怒有可能進而衍生成更令人沮喪的悔恨，於是這幾年我不斷地練習：「即使不如預期，還是試著讓事情自然地往下走。」

在這過程中，讓我感受到最大的力量來自於「接納」。你似乎漸漸能接納挫敗的發生、接納事情不總是如你預期的進行，接納抗拒的情緒，但那並不代

表你成了一種擺爛的狀態，反而多了些冷靜思考和從容，尤其在面對困境步步進逼的時候。

所以我常常在想，真正讓人變得強大的，不一定要挺身奮戰的頑強抵抗。有時，當你懂得接納生命中的一切發生時，它自然會長出一道柔軟又強大的力量，而那份力量，會伴隨著你去應對生命中每一段不如預期的發生。

來不及投遞的信

請問該怎麼學會拒絕？
因為我害怕拒絕了別人之後會被討厭。

對我來說，這一題可能要分成兩件事來看，因為我們常常不小心把感受和行為混在一起談，進而形成了所謂的「情緒勒索」，但情緒勒索不一定總是向外發生，也可能會是一種對自我的勒索。

首先，也許你並不是不知道該如何拒絕，會不會你只是害怕拒絕別人後會被討厭，或是不想面對尷尬的氛圍，為了避免這類事情的發生，只好壓抑和委屈自己的感受來完成對方的期待。可以說有這煩惱的你是善良的嗎？可以，但這可能只是一種濫用善良的結果，而你也正被自己的情緒給勒索，造成了這個局面。

再來，可以思考的另一個層面是，你想拒絕的事情和行為又是什麼？請你先試著將害怕拒絕的感受暫時抽離，並重新檢視真正讓你想要拒絕的事情為何。也許是因為讓你感到不舒服、不自在，也許是讓你感到不被尊重，也可能只是你就是不喜歡和沒有興趣，當問題和感受都釐清之後，或許接下來對於想拒絕的原因便能一目了然。

過去的我也曾因為害怕「拒絕別人」後，會被認為是一個不夠隨和，做事不夠圓融的人，甚至被冠上小氣的稱號，但回頭想想，這件事情從來都不是我的問題啊。別人有求於你，最後還把錯誤怪罪在你頭上，他好意思為難你，你又有什麼不好意思拒絕他？到頭來，我們或許只是欠缺那麼一點被別人討

厭的勇氣，學會拒絕這件事是你感受上的選擇，從來都不是別人可以替你做
的決定。

日後，當想要拒絕的事情再次發生時，請試著先說出自己的感受讓對方知
道，大部分的人不會因為你拒絕了一件讓你感到不自在的事而怪罪或是討厭
你，也許反而能磨合出彼此更適合相處的方式。但如果對方真的因此而疏遠
你，那就慢走不送了。

希望往後你也能替自己的感受劃出一道底線，因為你的好，只需要留給懂得
珍惜的人。

來不及投遞的信

如何排解旅行後的失落感？

我在這幾年的書寫過程中，用文字記錄並梳理旅途後的情緒，漸漸地學習到，旅行結束後的失落感或許看似一種因為不想結束而產生的低落氛圍，然而那份失落感其實是一種讓人成長的收穫。

我曾經試著釐清自己，為何會對某幾段旅程後的失落感到特別嚴重（我都稱它為旅憂）。一方面是那段旅程帶給自己大量的愉悅感受，另一方面，是我在旅途中建立了一段情感連結，也許是和當地的文化或生活環境，也可能是在那發生了一些難忘的際遇。我在書寫的過程中，抽絲剝繭的重新組合排列那份失落感後，清楚地了解自己為了什麼而感動，也為了什麼而感到憂傷，我意識到途中的某些相遇總是那麼樣的讓人措手不及，生命中真的有那麼一些人，當你們道別時，早已成為彼此見的最後一次面，只是分開的當下還來不及發現。

所以我學會去珍惜每一次與人相遇的機會，我希望在道別來臨之前，能給予彼此一段美好的生命回憶。

來不及投遞的信

生活中，需要朋友嗎？
如果沒有真心相待的朋友，
一個人該如何好好生活？

我是一個生活上需要朋友的人，但這不代表我依賴他們，而是我喜歡在一些小日子中，和朋友能簡單地坐在一起吃飯也好、出發一趟旅行也好，分享彼此內心的所見所想。生活裡能有幾個熟悉的朋友互相照應，對我來說是一種健康的方式，將儲存在體內的正負能量輸出與輸入。

當然，這些能彼此照應的友誼，並非只限定於老朋友。這一路上來來去去的人太多，誰來還是誰走？沒人能說得準。我在拉達克旅行的這段時間裡認識了一位當地朋友，經過他熱情的介紹，我認識了一個又一個他身邊的家人與朋友，突然間形成了一個我在拉達克的生活圈。我們常常相約到郊外踏青，在印度河與贊斯卡河的交會處旁野餐，雖然過去的生活並未有過任何交集，但我們依然分享彼此的生命經驗。有趣的是，在那些偶爾雷同的故事情節裡，我們有著相同的價值觀，當然也有環境背景與文化上的分歧，所以我是這麼想的，把時間長短的問題先放一邊，無論在生命的哪個階段出現了什麼樣的人，只要頻率相通的自然會碰撞在一起，哪怕只是短暫的片刻，都必有其存在的意義。如果你身邊還沒出現那樣的人，並不代表它永遠不會發生，也許只是尚未走到那個彼此擁有交集的人生時間軸。

而一個人的這段時間又該如何好好過生活？有些時候我們總是太貪心的希望能擁有一切，在擁有這一切之前，可以先試著問自己是否真的為了那份渴望奮力一搏地去追求。喜歡旅行的我在這途中理解了一些事情，如果真心想要

的，那就設立目標，因為不夠聰明，所以我把事情列下優先順序，一件一件的打勾，盡可能的朝向自己喜歡的生活前進，慢慢地活出自己喜歡的樣子，對我來說，便是好好過生活。

不要對在乎的人冷漠，想念的話請直接說，
難以啟齒的尷尬並不會讓你失去任何東西。

也許旅程尚未結束

我想與過去的自己，練習好好說再見，
也許故事並不是要走向結束，而是才要開始。

從拉達克回來後不久，有個朋友如此問我：「你說拉達克改變了你對於喜悅的感受，那讓你感到最深刻的事情是什麼？」

這個問題我思考了幾天。在拉達克，我確實遇見了許多人和事，但真得選出某件讓人印象最深刻的故事來定義我對於喜悅感受的改變，這麼做不僅狹隘，對於其他發生的故事也顯得不公平。明白一點地說，我想，那是一份漸進式的變化，並非由單一事件所生成，也無法由單一事件定義。一切的發生都在不斷和合的過程中出現了感受上的內化，和合是一連串發生的存在，所有的事物都連接著另一件事情而產生，兩者甚至數者之間的相互依存性是必須的。如果沒有開始，就沒有結束，一件事物的發生需要依賴其他事物的存在，也就是說，沒有一件事情是真正獨立的。

在這段將近兩個月的拉達克生活裡，物質上的需求被重新拆解、組裝，我逐漸發現，原先對於物質上的多數需求，似乎來自於某種無法被解決的連續欲望；而我在這遇見的每一個人，他們對於物質的需求僅來自於解決生活的問題。這並非攸關任何偉大的選擇，只是我在這途中重新調整了腳步，一步一步地向前行並思考關於生活的本質，也許懂得滿足的生命，真的越能接近富足的生活。

台北──也許旅程還沒結束？

從拉達克回到台北的第二天，近乎零時差地完美銜接原先的生活節奏，清晨出門的拍攝工作和維持體態的規律運動，再快步走過忠孝東路的十字路口，前往和朋友相約的熱鬧晚餐。過去四十天的旅程，似乎只是我不小心懶在沙發上睡著片刻的一場夢。看似沒有改變的生活，為何我總感覺有些不對勁，人們談話的方式裡總藏了些自相矛盾，眼神和表情像被逐格放慢，一切變得如此清晰可見。有些人他們只是張著嘴在說話，有些人只是感覺在傾聽，還有些人，他們像機械式地回應並呵呵笑著。

我知道這些都與他們無關，問題發生在我身上，但究竟是哪裡出了問題？

意識像漂浮在半空中的風箏，被載滿著還能應付眼前生活的記憶制約著，如自動導航般地沿著熟悉路線回到了家，看著電梯一層一層的下降，我冷不防地轉身走進公寓間的樓梯裡，感受到心中有個情緒正準備爆發，我像個找不到路回家的孩子獨自坐在樓梯間，眼淚突如其來地潰堤，不知哭了多久。

「我覺得我好像有點回不去以前那樣的生活方式……」隨著眼淚把視線模糊成了一團，心裡有個聲音似乎越來越清晰。

我是如此厭倦那個長大後的自己，那個不斷盲目追求、比較而來的角色定位，可大腦的理智線卻又不斷地提醒著我，在拉達克所感受到的純樸生活和

感受終究得停留在那裡，我依舊會回到原先熟悉的生活環境。那些我所嚮往的他們的生活方式和看待生命的需求，甚至如何滿足所求的一切⋯⋯在我身處的這個世界裡，會隨著大環境逐漸逝去，然而那個我好不容易再次拾起的原始感受該如何保存？

有那麼一瞬間，我活像是個途經台北的拉達克旅人，在混亂中被抽離再加以重新調配理智和情感上的分布，精神和物質的需求正在改變，我討厭著過去追逐和比較的自己，可卻也能理解那是生存在這現代社會的必須經驗。一針一線的抽絲剝繭，再一縫一補的重新修復內在靈魂，我知道這並不是偶然的發生，從離開拉達克的那一天，我的情緒就開始醞釀，我以為那只是某種對於旅程即將結束所帶來的感慨，卻從來沒想過原來這世上還存在如此單純的我，可以那樣不帶任何假設的去生活，那樣毫無恐懼地接受每一份情緒，我似乎看見了自己遺失許久的單純，我理解了成為大人後的附加條件是如此的悲傷。可眼淚並不總是代表著悲傷，那天晚上，眼淚是一種獲得，也可能是一份失去。

「也許你尚未準備好和那個模樣的自己道別。」

隔天中午，我撥了通電話給我的編輯 Yuyu，在與她傾訴了積累在心中的所有真實感受後，她這麼回應著我。

「也或許⋯⋯其實這段旅程尚未結束？」我在掛掉電話前和 Yuyu 這麼說。

同一星期，我上網訂了張機票，簡單準備了兩個星期所需的行李後，打了通電話給史丹增和他說明自己決定再次出發拉達克的簡單緣由。電話裡，史丹增一派輕鬆地和我說著拉達克即將入冬的情況，零下三十度的大雪將覆蓋整片地區並且實施封山封路的管制，大約有快一半的人陸續離開列城到印度其他地區避寒；包括他的民宿在內，許多旅館和商店也已經暫停營業，水管在夜晚會開始結凍，道路的封鎖導致交通的不便，沒了熱水也沒了觀光人潮，沒有人會選在這麼寒冷的季節來到拉達克。不過今年他正好會留在列城過冬，確定我抵達的日期後，史丹增叫我別擔心，他會替我安排好一切。

離開前一晚，我和兩個星期前曾一起造訪拉達克的莫和文相約在住家樓下的公園。三人坐在長椅上，沉靜地看著街頭上的行人來回行走著，我和文分享了這兩個星期的感受，文說她也感同深受，明明一切都沒有改變，但就是說不出來哪裡變得不一樣了。

「會不會是我們看待事情的方式變了。」我說。

「我知道啊！但到底是哪裡改變了？我每天依然做著和去拉達克前一樣的日常瑣事，走在一樣的路上，明明都是我熟悉的事物，卻感覺有些陌生。」

我發現，好像是我們對於快樂的定義被改變了。應該是說我們內心原先裝載快樂的那份容器被改變了，似乎被某種拉達克的神祕能量給無限擴張，但我還說不明白，是那裡的土地還是陽光？是人們的神情還是信仰？它讓我們內心裝載快樂的容器變得無限，也讓我們對於喜悅的存在有了更大的啟發，而原先我們所認知的快樂依舊存在，只是它不再是填滿容器的主要方式，取而代之的是另外一種更簡單卻又龐大的力量。

「或許是純淨吧！那種被洗滌過後卻又要再次面對現實生活中的各種感受。」分開前我對著文說。

文突然說起自己還是會想起在列城大街上時的自己，她安靜地坐在椅子上看著街上來回行走的人們，去大街上那間唯一的僧院裡坐著，聽著虔誠的拉達克人撥動轉輪的聲響，或許很普通，但卻是她最難忘的日子。

我看著文雙眼含著淚水準備和我道別。「別忘了，幫我好好再看一次拉達克。」

「我會的！」

兩個月前出發的那趟旅程似乎尚未結束，我想起離開拉達克時在飛機上的自

己。在分開前還來不及和自己道別，決定重返拉達克，並非想去證明在那裡發生的一切是否真如此刻內心的感受，我想要的是與那個自己，好好說再見。

也許故事並不是要走向結束，而是才要開始。

從今天開始，
學著回應和表達內心感受，
並以此好好生活。

分開之前，先學會道別

LADAKH I

未 完 成 的 故 事 集　Unfinished Tales

作　　者　　Peter Su (Instagram: peter825)
封面攝影　　吳尚程 (Instagram: mohftd)
封面設計　　Peter Su
責任編輯　　劉又瑜
美術編輯　　楊雅期

發 行 人　　蘇世豪
總 編 輯　　杜佳玲
專案管理　　張歆婕
美術主編　　陳雅惠
社群行銷　　吳尚程
編輯助理　　陳柔安
法律顧問　　李柏洋

出　　版　　是日創意文化有限公司
地　　址　　臺北市大安區和平東路三段66號2樓
電　　話　　02-2709-8126

初版一刷　　2024年4月15日
定　　價　　450元

國家圖書館出版品預行編目(CIP)資料

分開之前，先學會道別。/ Peter Su 著. -- 臺北市
: 是日創意文化有限公司, 2024.04
　面；　公分
ISBN 978-626-96955-9-1(平裝)

1.自我實現 2.自我肯定

863.55　　　　113003692

謝謝一起踏上這段旅程的夥伴——莫、文
這本書也獻給你們